Kenan Örs

Die Handwerker

„Und um Deutschland wollen wir nicht sterben. Um Deutschland wollen wir leben."
Wolfgang Borchert (1921-1947)

1.

Deutschland im Jahre 2022 wurde von Nationalismus niedergetrampelt. Die AfD wäre gerne die furchtlose Anführerin gewesen. Die blauen Rattenfänger wurden angefeuert vom Nationalismus überall in Europa und der Welt. Sie arbeiteten alle kräftig daran, ein drittes großes Kräftemessen mit Flugzeugen, Raketen, Bomben und Hackerangriffen herbeizusehnen und herbeizuarbeiten. Michael Fuchs, einer der humorvollsten Handwerker des Landes, stellte sich mutig dagegen. Seine erfolgreiche Geschichte mit den 'Handwerkern' soll hier erzählt werden.

Die Trennung von seiner Freundin hatte dem Fliesenleger Michael Fuchs vor längerer Zeit ganz schön eine mitgegeben. Die Realität hatte ihn wachgeschlagen. Er war wieder voll da. Er konnte den Sauerstoff sehen. Er lag am Boden und wurde angezählt. Dann stand er wieder. Mit der Wasserwaage und einer Fliese in der Hand. 36 Jahre alt, verheiratet und zwei Kinder. Michael hatte zwei Semester Philosophie studiert. Er konnte damit nichts anfangen, denn er brauchte etwas Handfestes. Fliesenleger bot sich an.

„Mißtrauen war die neue Liebe in der Gesellschaft", dachte sich Michael. „Er hielt alles zusammen. Wie der Mörtel die Fliesen. Von Liebe wurde nur noch geredet. Liebe glaubt uns kein Wort mehr. Kaum jemand kannte sie, aber alle redeten davon. Grenzenlose Spekulation. Die Liebe hielt für alles her. Kostenlose Prostituierte. Liebe war kein Vorteil, sondern ein handicap. Wie viele Frauen über Tinder schon flachgelegt wurden wie eine Fliese. Im Unterschied zu Fliesen sind die Frauen aber meistens zärtlich bis orgasmuswarm."

„In festen Beziehungen und in Ehen hieß es nur noch 'Augen und Ohren zu und durch'. Wird schon. Besser als Alleinsein. 'Wir lieben uns doch so.' Sie hatten schon richtig Schmerzen vor Liebe. Meistens in der Lenden-Gegend. Wenn überhaupt. Sonst waren es fast immer Sex-Entzugs-Schmerzen. Schlimmer als bei Heroin. Bei Heroin geht man sicher und schnell zugrunde. In Beziehungen und Ehen wurde man auch noch ständig symbolisch gefoltert. Die Alte war da, ließ einen aber nicht ran. Oder nicht so oft, wie man wollte.

„Da lass ich mich doch lieber gleich foltern. Dann muss ich auch nicht buckeln für Brot und Miete. Nur, ich möchte keine Braut sein. Und es warten nicht ständig zwei 9- und 12-jährige-Schnäbel auf Würmer. Der eine Schnabel heißt Christian, der andere Lucie. Würmer sind Spaghetti, Pizza, Döner, Nutella-Brote, Corn-Flakes, Schokolade, Chips, Weingummi, Cola, Fanta etc. Und das kann ich nicht auf der Baustelle anmischen. Das muss ich alles kaufen fahren. Oder gehen. Jeden Tag.

Und man war ja nicht gleich dran an der Kasse. Und während der Warte-Zeit hatte man ja kein erotisches Tinder-Date. Genauer gesagt, heftigen 8-minütigen Sex. Oder man schaute sich auch kein WM-Spiel an. Man streamte auch kein Netflix.

Aber die Kinder lachten und lächelten und tobten immer so schön alle Anstrengungen der Eltern weg. Deshalb war es für Doreen und Michael nicht so schwierig. Wie ja auch am Monatsende der Kontostand die ganze Drecksarbeit von Michael immer reinwusch. Es lohnte sich für sie. Ja, Michael war ein fröhlicher und humorvoller Mensch, der das Leben aß und trank. Doreen war da nicht viel anders. Sie war aber noch ein wenig liebevoller. Dafür war Michael im Fach Humor eine Zensur besser als Doreen. Er war intelligent und auch genügend albern. Sie liebten sich einfach sehr und freuten sich wie Kinder, dass sie einander hatten.

2.

Eigentlich wollte Michael mit seinen 1,86 m und seinen großen Händen Basketballer werden. Hat nicht geklappt. Zu viel hartes Training. Er trainierte lieber mit Trainingspartnerinnen im Bett. Er hatte nicht wenige. Sie waren alle gut. Ausnahmslos. Es war ein Nehmen und Geben. Auch mit seiner späteren Frau Doreen hat er gut trainiert. Sie war so gut, dass er sich entschied, dauerhaft nur noch mit ihr zu trainieren. Sie war einverstanden und freute sich. Auch wenn sie gerade das Training unterbrochen hatte, weil Michael nicht brav war. Aber das würde auch vorüber gehen. Sie würden das Training bestimmt bald wieder aufnehmen. Das Training wurde in der Vergangenheit schon öfter von Doreen unterbrochen. Michael hatte meistens zu wenig im Haushalt geholfen oder war zu unaufmerksam gegenüber Doreen. Doreen ist nicht nah am Wasser gebaut, sie ist im Wasser gebaut. Wenn Michael ihr morgens nach dem Aufstehen nicht gleich einen Kuss gibt, hat sie den ganzen Tag lang Magenschmerzen. Das kommt aber fast nie vor. Denn Michael schadet es auch sehr, wenn Doreen sich nicht vollkommen wohl fühlt. Innerhalb von spätestens fünf Minuten küsst er

Doreen ganz zärtlich und umarmt sie.

Michael nennt Doreen besonders gerne „Meine Goldige".

„Weißt du, wen ich liebe?", fragt Michael jeden Morgen seine vielfältiggeliebte Doreen:

Doreen: „Keine Ahnung"

Michael: „Soll ich es sagen?"

„Ja", entgegnet Doreen.

„Dich, meine Goldige. Ganz alleine dich.

„Na, sowas", sagt Doreen dann immer tiefenglücklich.

Michael schrieb Doreen einmal monatlich einen Liebesbrief. Er tat ihn dann abends in den Briefkasten. Doreen freute sich immer unfassbar darüber. Wenn Doreen strahlte, ging die Sonne auf. Doreen brauchte keine Reichtümer, aber Michael machte sie innerlich reich. Und das machte Michael glücklich, auch wenn Doreen nie zurückschrieb. Für ihn bedeutet Liebe Geben. Er fühlte sich von Doreen zu 100 % geliebt. Umgekehrt war es auch so.

3.

Marktstraße 42 in Neumünster. Hier wohnte und lachte Michael mit seiner Familie. Zehn Sommer hatten sie schon dort erlebt. Sie haben immer alles herausgeholt. Sie haben immer versucht, die Sommer zu verlängern. Oft haben sie noch Ende Oktober draußen gegrillt.
Neumünster ist erlebenswürdig. Nicht nur die sogenannten Sehenswürdigkeiten wie der Einfelder See oder der Tierpark. Wer arm an Erfahrung nach Neumünster kommt, fährt reich an traumtrunkenen Erfahrungen wieder heim. Und das zu günstigen Preisen. Die Schönheit der Erfahrungen zwingt dann einen dazu, wieder zu kommen. Und das in kürzester Zeit. Meistens sind es nur ein paar Wochen.

Sie lebten in einem Friesenhaus mit blauen Dachziegeln. Es wurde vor 10 Jahren gebaut. Die meisten anderen Häuser in der Straße waren auch modern. Eines davon ist ein Bauhaus-Gebäude. Gegenüber war eine lange Reihe von Platanen. Sie boten viel kräftige Ruhe. Links ging es in die Innenstadt, rechts zu den Feldern. Auf beiden Seiten des Eingangs standen Hibiskus in weißen Kübeln. Der dunkelblaue Audi-Kombi von Michael steht meist vor der weißen Garage, die links vom Haus ist. Der schwarze Golf von Doreen ist meistens in der Garage. Wenn sie Ausflüge machen, nehmen sie fast immer den Kombi von Michael. Beim Fahren wechseln sie sich immer ab. Es sei denn, Michael hat wieder was getrunken, als wäre es Wasser.

Die Kinder hatten hier das Sagen. Doreen und Michael durften eigentlich nur abnicken. Das klappte auch sehr gut. Es sei denn, dem Ehepaar fiel es schwer, abzunicken. Dann halfen die Kinder nach und waren wieder glücklich.

Mit den Nachbarskindern Tina und Moritz bildeten Lucie und Christian eine Bande. Ohne Anführer. Sie spielten aber nur. Sie taten niemandem weh. Sie spielten teilweise mit einer Freude, die Doreen und Michael für ein Wunder hielten. Dazu waren selbst die besten Schauspieler nicht fähig. Wenn sie z.B. „Indianer und Cowboys" spielten, waren Indianer und Cowboys da. Wer ihnen zusah, brauchte keinen Cent zu zahlen. Popcorn und Getränke waren erlaubt. Mitspielen nur bis 15 Jahre. Kinder brauchen schließlich ihren Freiraum.

Während der Spielzeit wünschten die Kinder, nicht unterbrochen zu werden.

Das spielten sie aber eigentlich fast nur bei Stromausfall im Sommer. Sonst lebten sie mit ihren Smartphones online oder fühlten sich auf Playstation wohl. Auch da waren Störungen des Spielbetriebs unerwünscht und wurden geahndet. Lucie und Christian sprachen dann einfach einen Tag lang nicht mit ihren gesetzlichen Versorgern. Länger hielten es Lucie und Christian nicht aus. Sie liebten ihre Eltern zu sehr.

„Kinder sind die unerhörten Meister des Glaubens, der Liebe und der Freude. Kinder blühen immer", fand Michael.

4.

Michaels Vater war Professor für Physik an der Universität Kiel. Er war sehr beliebt bei seinen Studentinnen und Studenten. Trotz seiner manchmal erschreckenden Strenge. Dafür konnte er aber immer ganz lehrreiche und detaillierte Beispiele aus dem Leben anführen und mit witzigen Anekdoten aus der Welt der Naturwissenschaften würzen. Michael hat von seinem Vater den Humor vererbt bekommen. Er wußte, dass das ein großes Kapital ist. Es reizte ihn, etwas daraus zu machen. Frauen erobert hat er ja damit genug. Irgendetwas anderes sollte es sein. Er wußte noch nicht genau, was. Er sollte es noch kennenlernen.

Michaels Vater wollte, dass Michael Mathematiker wird. Leicht verfehlt. Michael berechnete, wieviel Mörtel er für die Fliesen benötigte. Michaels Vater war nicht lange enttäuscht. Irgendwann hat er still begriffen, dass sein Sohnemann mehr Unterleib als Verstand hatte. Und hatte es akzeptiert. Seitdem waren sie glücklich miteinander und freuten sich immer ganz echt, wenn sie sich sahen. Meistens an den Geburtstagen und an den Feiertagen. Am Vatertag sah Michael immer nur seine besten Kumpels. So etwa für 5 Stunden. Dann lag er im Koma. Das wiederholte sich schon seit etwa fünf Jahren so.

Sie fanden Michael dann entweder auf irgendeinem Feld oder im Bett. Wenn er nicht im Bett war, haben sie ihn immer dahin gebracht. Michael nahm es immer ohne Flüche hin. Die Aufnahmen davon machten dann in ihrer Whatsapp-Gruppe die Runde. Michael stand gut darüber. Er hat dann auch immer über das Video gelacht.

Seine Mutter war ganz herzlich. Sie war über dreißig Jahre Lehrerin an einer Grundschule. Jetzt ist sie im Ruhestand. In ihren Klassen waren immer viele Ausländer. Vielfalt ist für sie so angenehm wie ein üppiges Frühstück und so normal wie Sonnenaufgang und Sonnenuntergang.

Sie liebte Michael so, wie er war. Sie war stolz auf ihren Fliesenleger und Familienvater. Sie freute sich immer riesig auf und über ihre Enkelkinder, die mehr bei ihr waren als bei Michael. Auch seine Schwester Franziska fand Michael ganz toll. Er liebte sie auch sehr. Sie hat Germanistik studiert und arbeitet im Feuilleton einer überregionalen Zeitung. Sie hielt ihn nicht für einen Versager oder eine Niete. Er hat sein eigenes Ding gemacht. Michael war halt Handwerker. Und er hatte nur zufriedene Kunden. Er war stolz darauf, keine einzige Kundin flachgelegt zu haben. Angebote gab es. Auch schriftlich. Das war für Michael eine große Leistung. Er war so stolz darauf, dass er insgeheim auf einen Preis dafür hoffte. Darüber hatte er aber noch nie mit jemandem geredet. Solange sein Chef zufrieden mit seiner Arbeit war, war alles wunderbar. Er schaffte das auch ohne Preis. Wie alle anderen auch.

Michaels Mutter war eine sehr gute Psychologin. Er fühlte sich von ihr immer richtig verstanden und gut behandelt. Und er brauchte kaum was zu sagen. Psychologen machen immer nur das Nötigste. Nach Kassenleistung. So sieht das Ergebnis dann meistens auch aus. Aber seine Mutter gab immer alles. Und erwartete nichts. Michael hatte sie mal gefragt: „Mama, wie machst du das? Obwohl ich den Mund teilweise noch nicht einmal aufmache?" „Liebe, mein Sohn, Liebe. Liebe versteht und kann alles." Mit ihren Worten ließ sie einen quasi 3 Wochen Urlaub auf den Malediwen machen. Man brauchte sich noch nicht einmal um Buchung und Flug zu kümmern. Einfach am Strand die Schwerkraft wirken lassen. Unterstützt von den besten Drinks. Ab und zu eins werden mit dem Meer. Und lächeln und lachen.

5.

Bei einem Ausflug erfüllte Michael seinen Kindern zwei große Wünsche. Es war Samstag, um kurz nach 10 Uhr. Nach einem fröhlichen Frühstück. Vor dem Losfahren rief Christian seinem Vater zu: Los, Papa, lass die Reifen quietschen. Er tat es! Christian schrie: Jaaaaaaaaa! Und noch zweimal. Jaaaaaaaaaa! Jaaaaaaaaaa! Innerlich dachte sich Christian: Es gibt einen Gott, und der stirbt nie. Danke, lieber Gott!
Und als sie dann unterwegs auf der Landstraße waren, legte Michael sogar noch einen drauf. Er wußte, dass Lucie es sich gewünscht hatte, dass er auf freier Strecke mal laut und oft hupt. Auch das hat er gemacht. Er hat die beiden so schreiend glücklich gemacht. Lucie, Christian, Doreen und Michael haben alle lange laut und herzhaft gelacht.
In der Innenstadt von Kiel gab es Gesichtsmalerei für Kinder. Lucie und Christian haben sich als Maus anmalen lassen.
An diesem Tag hatten sie noch viele andere Sachen unternommen und hatten einen traumhaften Tag miteinander. Zum Schluss meinte Michael zu Doreen: „In Kiel ist es schön. Für Kinder. Für Erwachsene ist es auch schön. Wenn man wieder weg ist."

6.

Die meisten Handwerks-Betriebe in Schleswig-Holstein waren sehr erfolgreich. Die Baubranche boomte. Und sie arbeiteten meist rechts. Auch in und um Neumünster herum. Aber das war ihnen auch nicht so wichtig. Der Gewinn musste stimmen. Arrangieren kann man sich immer. So braun wie unter Adolf würde es schon nicht werden. Selbst wenn, es könne nur besser werden. Adolf war eine Niete, dachten bereits sehr viele. Sie wollten es besser machen.

Michael schuftete für ein Handwerks-Unternehmen, dessen Inhaber ein liberaler Mensch war. Die Wörter Freiheit und Mensch bedeuteten ihm noch was.

Morgens begrüßte der Chef alle 18 Mitarbeiter per Handschlag. Dann wurden die Baustellen zugewiesen. Es herrschte deutsche Ordnung und Pünktlichkeit.

Auf so einem Bau, wo Michael arbeitet, gingen ständig Handwerker rein und raus. Meistens mit einem Smartphone am Ohr. Es wurde immer hin und her organisiert. Jeder baute an einer bestimmten Stelle des Nestes. Es herrschte eine übersichtliche Ordnung im Chaos. Für die Handwerker waren es wechselnde Wohnzimmer. Besucher hatten schon nach fünf Minuten genug und sehnten sich nach ihrem Auto. Es sei denn, es waren die Eigentümer. Die liebkosten mit ihren Augen jeden Stein und jede Fliese. Manchmal auch jeden Staubkorn. Sie zählten ihn auch zu ihrem Besitz. Die Haus-Eigentümer zeigten immer große menschliche Gefühle, wenn sie auf dem Bau waren. Gegenüber ihrem Eigentum. Die Handwerker waren nur die Hausbauer für sie. „Wir zahlen schon so viel Geld für das Haus. Warum sollen wir auch noch menschliche Gefühle zahlen?", dachten sich viele.

Michael war immer entspannt bei der Arbeit. Er liebte seine Fliesen, den Sand und den Mörtel, das ganze Haus und die Räume. Er bewegte sich so frei, als würde er im Wald spazieren gehen. Innerlich sang er auch immer. Aber er war immer hochkonzentriert bei seiner Arbeit. Er machte eigentlich nie Fehler.

Sie redeten untereinander viel über die Bundesliga, über die rechte Stimmung im Land. „Macht doch keine große Nummer aus der AfD", hieß es allgemein. „Die Leute und Mächte hinter der AfD sind die große Nummer", dachte Michael. Ein großer Teil der Bevölkerung und viele Menschen mit Einfluss. Seit Jahren tat sich nichts und die Lawine wurde immer größer. Wer oder was sollte die noch aufhalten können? Wieviele

Menschen wollten die überhaupt aufhalten? Mit Posts auf Facebook hielt man noch nicht einmal doppelt so viele rechte Posts auf. Kein Wunder, dass nichts geschah.

7.

Michael hatte eine klare Ansicht zu Deutschland:
„Das Haus Deutschland haben ganz viele Menschen zusammen aufgebaut. Auch Italiener, Türken, Griechen, Spanier etc. Die Rechten wollten es abbauen. Einige besonders Ängstliche wollten es sogar komplett abreißen und neu aufbauen. Nur mit richtigen Deutschen. Die Linken standen immer vor dem Haus und hielten Reden, die keiner verstand. Oft sogar die Redner selbst nicht. Aber es war ein schönes Haus geworden. Adolf war nicht der Architekt. Und das fanden wir richtig gut so. Andere wollten das ja ändern. Ein Haus nach dem Bauplan und Geschmack vom großen Schlächter und seinen Fans."

„Jetzt mach aber mal halblang! Was soll dieses ständige Gerede davon, dass wir alle so lieblos geworden sind? Wir lieben doch unser Haus, unser Geld, unser Smartphone und unsere Frau, unser lebendiges Druckablass-Ventil. Netflix und Bundesliga verehren wir sogar. In meine Stammkneipe bin ich schon über 10 Jahre verliebt. Diese lieblosen und humorlosen Miesmacher, kann ich da nur sagen. Immer alles schlechtreden und die Luft verseuchen. Die müssten eigentlich doppelt so viel Steuern zahlen. Die verbrauchen nur positive Energie und produzieren 24 Stunden wütend negative Energie. Die sind eine Gefahr für den inneren und äußeren Frieden. Sie sollten dauerhaften Urlaub in Sibirien machen. Aber um Gottes Willen ohne Internetanschluss. Schreibmaschine ist o.k. Und wenn der liebe Gott unsere Gebete erhört, dann ohne die Buchstaben a, e, i, o, u. So wird unsere Luft sauberer sein, und wir können alle besser schlafen", scherzt Michael.

Michael war wie seine Fliesen. Eine glatte Oberfläche. Er hatte aber ausgebildete Ohren für die rauhen Tiefen und Widersprüche bei sich und anderen. Er war in der Lage, über seinen eigenen Kontostand hinauszuschauen. Sobald er mit seiner Kelle bei anderen Kollegen Not und Bedrängnis wahrnahm, bat er seine Ohren brüderlich, genau hinzuhören. Er wies die wichtigsten Informationen dann an, sich beim Chef zu melden. Seinem Herz. Das gab dann die Order, ob und was zu tun ist. Die anderen Handwerker bekamen gar nicht mit, wie sehr sich Michael dann aufopferte und trotzdem sein Soll an Quadratmeter Fliesen erreichte. Er sagte den Leuten dann beiläufig Sachen, die bei ihnen wie stille, kleine Wunder wirkten. Sie konnten es sich aber nie erklären. Sie hielten es für die eigene Intelligenz und Einsicht und ließen sich nichts anmerken. Genau das tat Michael dann auch immer. Er lächelte und lachte dann gerne über die vielen Witze, die besonders in den Pausen feierlich erzählt wurden oder die er erzählte. Die Witze tanzten, die Zuhörer applaudierten mit ihrem Lachen. Die Witze stärkten sie so sehr, dass sie oft vergaßen, ihre Pausenbrote zu essen.

'The Bau must go on.' So leitete Michael immer laut die zweite

Hälfte des Arbeitstages nach der Mittagspause ein. „Jawohl, Herr Major", scherzten die anderen Handwerker dann immer.

8.

Trotz aller Widersprüche glaubte Michael an Liebe. Er sagte sich immer, dass Liebe das Licht anmacht. Nur durch Liebe könne man klar sehen und handeln. Seine Hände dachten oft nach und freuten sich. Es passierte nicht selten, dass sie mit ihrem Tagwerk zufrieden waren. Michael hielt Arbeit für eine Zauberkünstlerin. Sie macht aus Not Freiheit. Am Ende des Tages fegte er immer alles feine Grobe gründlich zusammen und schenkte es dem Container. Der bedankte sich aber nie. Zuletzt zündete er sich immer eine Zigarette an. Für ihn waren Zigaretten qualmende Träume. Und Träume sind, so Michael, Ausbruchs-Werkzeuge. Unter allen Lebenden würde die Hoffnung immer am stärksten leben. Michaels Körper erzählte abends Doreen immer kurz von seiner Müdigkeit. Nachts schliefen sie meistens babyglücklich ein. Michaels Herz schlug dann immer die schönsten Melodien.

Diese Melodien färbten dann auch seine Träume. Michael konnte immer durchschlafen. Auch, wenn es manchmal nur fünf Stunden waren. Diese fünf Stunden erfrischten ihn dann auch. Meistens durfte er es genießen, 7 Stunden an der Seite seiner großen Liebe schlafen zu dürfen. Ihre Körper berührten und streichelten sich nachts, ohne dass die beiden Liebenden es mitbekamen.

9.

Michael war ein Freigeist und Humanist. Menschlichkeit war ihm so wichtig wie Wasser und Brot. Meistens schaffte er das auch zu leben. Wenn er es nicht schaffte, bekam er es zu spüren. Unfreundlicher Ton da, ernstes Gesicht dort. Manchmal war es einfach nur zu wenig Schlaf oder zu viel Erschöpfung.

Michaels Herz war stärker und größer als sein Verstand und sein Wille. „Meine Bescheidenheit ist mein Paradies", ist seine Devise. Starke mindsets brauchen noch stärkere heartsets. Er ist emotional sehr stabil. Diese Stabilität färbt sich ab auf seinen Geist, der sich immer besser entwickelte. Michael lässt sich nicht so leicht umhauen vom Leben. Er steht immer wieder auf, wenn er mal am Boden sein sollte.

Michael mochte keine Lügen. Er nahm sie aber in Kauf wie schlechtes Wetter. Michael war ehrlich wie nackte Füße. Trotzdem kam er sehr gut über die Runden. Und seine Witze hatten dadurch eine sehr hohe Qualität. In zehn Jahren haben es zwei Menschen geschafft, über seine Witze nicht zu lachen. Einer von ihnen war schwachsinnig, die andere hatte gerade Liebeskummer und Zahnschmerzen.

Michael schaute genau, was politisch in der deutschen Heimat und in der Welt lief bzw. stillstand. Er tat es mit Humor. Alle anderen Waffen hielt er für unbrauchbar. Humor hätte auch Adolf niedergestreckt. Es gab aber keinen Humor.

„Alleine als Menschheit schaffen wir gar nichts. Bis auf Kriege und Hungersnöte. Unsere Welt ist leicht zu durchschauen. Für Gott.", dachte sich Michael. „So richtig geliebt und rundum wohl fühlt sich eigentlich nur die Warenwelt. Unsere politischen und religiösen Dogmen sind leider nicht so romantisch und pflegeleicht und humorvoll im Umgang miteinander", glaubt Michael.
Je kleiner das Ego, desto größer der Mensch. Die Sorgen ändern immer nur ihren Anzug und ihre Namen.

Auch zu unserem Planeten hat Michael seine Meinung:
„Früher haben wir um unsere Erde gefürchtet. Jetzt fürchtet sie uns.

Warum sollen wir uns der Erde anpassen? Soll die Erde doch sich uns anpassen. Das ist das Motto der Weltgemeinschaft. Nachdem das Klima wiederholt nicht auf die Forderungen der Weltgemeinschaft eingegangen ist, hat der UN-Sicherheitsrat nun in einer Dringlichkeitssitzung Sanktionen gegen das Klima verhängt.

Die Sanktionen gelten zunächst für ein Jahr. Bei weiteren Zuwiderhandlungen droht der UN-Sicherheitsrat mit dem vollständigen Abbruch der diplomatischen und sonstigen Beziehungen zum Klima.

Zudem werden weltweite Schülerproteste gegen die Klima-Poltik der Weltgemeinschaft mit sofortiger Wirkung verboten. Ferner wird der Vorwurf der Bildung einer terroristischen Vereinigung geprüft. Die Bundesregierung ordnete die unverzügliche Umsetzung der Sanktionen und Verbote an.", scherzt Michael auch hier. Oder, wie er kurz sagt: „Unsere Regenwälder sind nackt. Das ist aber nicht erotisch. Die Erde ist zu weise für uns. Wir Menschen sind die Größten. Auf der Erde.

10.

Michael hat auch eine klare Haltung gegenüber Smartphones und Internet:

„Eigentlich leben unsere Smartphones. Nicht wir. Wir dürfen sie nur bedienen. Sie sind mobile Freiheitsstatue und Handfessel zugleich. Wir lesen uns dumm und surfen uns katatonisch. Unsere Welt ist gesundheitlich beeinträchtigt. Die meisten Tiere sind gesund. Sie sind nicht an das Internet angebunden. Das Internet ist ein Cyberangriff auf Menschen. Wir stellen surfend viele Fragen, die wir auch offline nicht beantworten können und wollen. Das Internet sperrt alle ein.
Bezüglich Künstlicher Intelligenz wird etwa gefragt, was wäre, wenn Maschinen Bewußtsein und freien Willen entwickeln würden? Aber, was ist denn mit unseren Smartphones? Die haben doch schon mehr Bewußtsein und stärkeren freien Willen als wir. Wir kommen nicht an gegen unser Smartphone. Wir sind zu schwach. Es ist weit mächtiger als wir. Es zwingt uns fast pausenlos, es zu berühren. Wir können nicht anders und gehorchen. Ein Tag ohne Berührung ist unvorstellbar für uns. Nach einer Woche Zwangs-Pause würden wir uns freiwillig in die Psychiatrie einweisen lassen.

Wenn wir uns um unsere Kinder so liebevoll kümmern würden wie um unsere Smartphones, hätten wir weniger Kriminelle, Terroristen, Alkoholiker, Drogensüchtige, psychisch Kranke und mehr stabile und glückliche Persönlichkeiten und Genies. Und die armen Kinder müssen sich auch um ein Smartphone kümmern. Mindestens um eins. Die Smartphones haben gewonnen. Sie schreiben Geschichte. Wir dürfen sie dann aufschreiben und auswendig lernen.

Die AfD fühlt sich nicht einsam, denn sie hat viele Menschen, die ihr Liebes- und Haßbriefe schreiben. Aber wir anderen Menschen fühlen uns oft einsam in der digitalisierten Welt. Manchmal fühlen wir uns so einsam, dass wir Torhüter oder Häftlinge beneiden. Einige von uns halten sogar den „Denker" von Auguste Rodin für einen glücklichen Menschen mit befriedigenden sozialen Beziehungen, der seinen Sinn im Leben gefunden hat.

Menschen sind für uns nur noch Follower, Liker oder Aufrufer geworden. Sie sind gut, wenn sie uns nützlich sind. Einfühlung geht gegen Null. Wir sehen z.B. nicht ihre echte Liebe zum HSV oder ihren echten Haß gegen den FC Bayern oder die echte Hoffnung, dass Hannover 96 mal wieder Deutscher Meister wird. Oder ihr lebendiges Mitgefühl für andere

Menschen. Sogar für die deutsche Fußball-Nationalmannschaft.

Andere Menschen sind austauschbar geworden. Nur mit uns selbst müssen wir das ganze Leben zusammenleben. Wer hat darauf schon Bock? Da ist jede Ablenkung und jede Nebenfrau und jeder Nebenmann willkommen. Auch die Ablenkungen von der Ablenkung mögen wir.

Wenn wir uns dann mal aus Versehen selbst begegnen, fällt uns vor Schreck das Smartphone aus der Hand. Noch sagen wir Alexa, was sie tun soll. Irgendwann sagt uns Alex, was wir tun sollen. Menschen sind unendlich formbar. Das ist aber kein Freizeitpark für uns."

„George Orwell hatte uns gewarnt", bedauert Michael. „Lasst es nicht geschehen. Es hängt von euch ab." Jetzt heißt es nur noch: Lasst es nicht ausgehen, das Smartphone. Es hängt von euch ab", scherzt Michael. „Das Private ist online gestellt und wir sind kaltgestellt. Wir machen Fitness, damit wir uns im Hamsterrad besser drehen können", denkt Michael.

Kollektive und individuelle Sicherheiten, Vertrauen und Liebe sind tatsächlich und/oder im Erleben der Menschen massivst bedroht und haben stark abgenommen. Dies liegt besonders an der als ambivalent erlebten Digitalisierung. Die Menschen werden zunehmend gezwungen und zwingen sich selbst, besser und schneller beruflich und wirtschaftlich zu funktionieren. Ohne Rücksicht auf ihr körperliches, seelisches und soziales Wohlbefinden.

11.

Im Unterschied zu einem Flachbildschirm war Michael widersprüchlich. Wie alle Menschen. Nicht einfarbig, sondern mehrfarbig und besonders humorfarbig, die sich ergänzten, aber auch nicht so gut miteinander konnten. Das Leben draußen spielte sich auch in Michael drinnen ab.

Michael konnte gar nicht anders, als fast ständig an Scherze, Sprüche und Witze anderer Menschen zu denken. Wenn er nicht daran dachte, wurde er unruhig. Er machte daraus in seinen Gedanken immer was Neues und Eigenes. Die Leute konnten teilweise gar nicht fassen, dass er immer so gut drauf war und fröhlich aussah. Einige dachten auch, er hätte nicht alle Latten am Zaun oder er wäre nicht ganz reisefertig. Aber Michael machte sich nichts daraus.
Er brauchte für seinen abgefahrenen geistigen Stoff nie zu bezahlen. Und der Stoff war auch nicht gefährlich, da er nie gestreckt war. Er wirkte ausgezeichnet und wurde später zu seiner Inspirationsquelle für „Die Handwerker". Er wurde dann einer der Menschen, denen der Stoff bezahlt wird. Und er wurde süchtig. Jahre später gab es sogar Menschen, die ihn

kreativ fanden. Er selbst nannte sich spielsüchtig, ohne jemals auch nur einen Cent in einer Spielhalle oder im Casino gelassen zu haben. Er betritt immer nur die grenzenlose Welt des Humors. Die wurde auch zu seiner Heimat. Genau wie Deutschland und seine Familie, die schon immer seine Heimat waren.

Dadurch brauchte er eigentlich nie Urlaub. Er fühlte sich in seiner stillen angstfreien Lach- und Schmunzelwelt immer sehr wohl. Dort kannte er sich gut aus und durfte schamlos neugierig sein. Dort gab es auch nie shitstorms oder permanente Erregung und hatespeech.

Dennoch tat ihm der Urlaub mit seiner Familie immer sehr gut. Er konnte sich so immer sehr gut zurücknehmen und sich auf Lucie, Christian und Doreen konzentrieren. Es machte ihm immer eine kleinkindliche Freude, ihnen eine Freude zu bereiten. Und sie lieferten ständig neuen Stoff, ohne dass sie es wußten. Indem er von seiner lustigen Welt gab, bekam er Liebe und Lachen zurück. Und so lebten sie miteinander und jede und jeder für sich.

Michael kannte sehr viele Witze und lernte immer neue dazu. Das ging dann so weit, dass Bekannte und Kollegen ihn baten, Witze zu erzählen. Er wurde zur lebenden Juke-Box für internationale Witze. Er sagte dann immer scherzhaft: „Macht 2 Euro". Aber das trieb ihn immer mehr dazu, etwas aus seinem Talent zu machen. Auch als Absicherung gegen Krankheit oder Rückenschaden.

Er wollte nicht reich werden. Er wollte seine reiche innere Welt mit anderen Menschen teilen. Und sie war ja nicht traurig oder langweilig. Irgendwie hatte er das Gefühl, da geht was. Er wollte auch was drehen. Auch wenn es nur ein Stein ist, den er umdreht. Und er hat einige Steine umgedreht, bis er gemerkt hat, was er will.

12.

Michel investierte nicht in Immobilien und Aktien. Er jonglierte dagegen mit Humor. Das war ihm wichtig.

Sie konsumierten auch nur das Nötigste. Sie kauften aber alles an Lebensmitteln, was die Kinder und sie selbst gerne mochten. Es fehlte ihnen an nichts. Und auch sonst sparten sie nicht. Sie wollten aber keine überflüssigen Einkäufe tätigen. Das gesparte Geld floss immer direkt in die Urlaubskasse.

Michael sparte dadurch viel Zeit und Energie. Er verbrachte keine Zeit damit, die Börsenkurse zu verfolgen. Sein Wohlbefinden war unabhängig vom Börsengeschehen. Viele seiner gehörten und erzählten Witze machten sich auch lustig über das wahnsinnige Treiben an den Börsen.

Dahinter steckte nie ein Plan oder eine Strategie. Er hatte aber die Erfahrung gemacht, dass er mit Humor am besten fährt und schläft. Deshalb setzte er auf dieses lustige Pferd.

Er investierte auch nicht in Kritik und Jammern und Hass, auch wenn er seine klaren Ansichten hatte. Er konzentrierte sich auf die positiven Dinge des Lebens und Erlebens. Michael hatte immer das Gefühl, mit einem ziemlich vollen Sack an Energie rumzulaufen. Er achtete darauf, dass der Sack nicht leer oder fast leer wurde. Das fühlte sich gut an für ihn. Er konnte immer aus dem Vollen schöpfen. Alle seine Handlungen kamen ihm so immer sehr kraftvoll vor.

Durch seine Schwärmerei für Humor bekam Michael auch ein ausgezeichnetes Gedächtnis. Das zeigte sich sich besonders in seinem Wissen und seine Fertigkeiten in seinem Handwerk. Er war äußerst neugierig und lernbegierig. Besonders Details taten es ihm an. Er liebte sie sehr. Seine Arbeit wurde dadurch immer gründlich und sorgfältig. Er gab immer sein Bestes. Das wurde von seinem Arbeitgeber sehr geschätzt. Das machte sich auch bei Michaels Lohn bemerkbar. Durch die Kraft seiner Liebe zum Humor wurde Michael auch ein Schwärmer für sein Handwerk. Er interessierte sich wie ein Kind für das Leben und für andere Menschen und Dinge. Er hatte permanente Freude daran. Diese Freude teilte er mit anderen Menschen. Der

Großteil der Menschen, die er kannte, war froh und dankbar für Michaels Geschenke.

Mit seiner Liebe zum Humor betrieb er auch Alters- und Gesundheitsvorsorge. Er arbeitete immer an seiner geistigen Entwicklung und beugte so u.a. Alzheimer vor. Das wurde gestärkt durch den guten und stabilen Freundeskreis, den er sich über die Jahre aufgebaut hatte, und auf den er mächtig stolz war.

Michael hatte außerdem in den letzten 5 Jahren nicht einen Fehltag. Er arbeitete präzise und war unverwüstlich. Er war wie eine liebende Maschine.

Sein Gedächtnis und sein Intellekt wurden allmählich so gut, dass er die Häuser hätte entwerfen können, in denen er arbeitete.

13.

„Papa, fang den Ball", ruft Lucie Michael zu. Michael nahm sich vor, so entspannt wie nur möglich zu sein im Urlaub und spielt kurz mit ihr. Die Online-Zeitungen zeigen den 15. Juli an. Die Sonne regnet warm. Die Sonnenstrahlen streicheln die Kopfhaut. Das Meer spielt fröhlich mit seinen Gästen. Die fühlen sich wohl. Die Sonne, kalte Getränke und Abkühlung im Wasser sorgen dafür. Michael hat nach dem Frühstück für seine Familie Schnitten mit Käse, Wurst und Streichkäse vorbereitet. Es hat für ihn nicht lange gedauert, da er es sehr gerne gemacht hat. Er hat dabei gepfiffen. Im Radio lief sein Lieblingssender NDR 2. Der Proviant war jetzt am Kopfende in der Kühltasche.

Fast alle Strandbewohner haben ihre Sorgen nahezu vollständig vergessen. Kaum jemand erinnert sich daran, dass sie IT-Experte, Arzt oder Lehrerin sind. Hier sind alle nur Badegäste im kostenlosen Open-Air-Solarium. Die Sonne gibt ihr Bestes. Die Gäste tun alles, um sich zu entspannen. Das Spielen der Kinder hilft ungemein dabei. Um sich noch besser zu entspannen, spielen einige Eltern mit. Nicht einmal Pudel fühlen sich so wohl. So wie Doreen und Michael jedenfalls.

Und frei und mutig sind sie. Sie singen sogar zusammen. Michael liegt auf dem Rücken und nimmt Doreens linke Hand und fängt an zu singen. Zwischen ihnen 15 eifersüchtige Zentimeter. Doreen ist sofort dabei: „Die Gedanken sind frei, wer kann sie erraten?..." Niemanden scheint es zu stören. Es gibt zumindest keine Beschwerden. Vielleicht wünschen ihnen einige Nachbarn den Tod oder zumindest das Krankenhaus. Ob beim Schweigen von einigen Liebe im Spiel ist? Heimliche Liebe zur AfD? Doreen und Michael sind sehr vergnügt. Ihre Verliebtheit ist mit am Strand. Jeder Sandkorn ist schön für sie. Das Meer nicht weniger.

Nachdem es zu Mittag die Schnitten gab, holten sie sich Eis als Nachtisch. Der Kiosk war vom Liegeplatz aus gut zu sehen. Doreen wartete am Platz, und Michael holte mit den Kindern Eis. Der Kiosk meinte es gut mit ihnen. Es standen nur ungefähr sechs Leute in der Schlange. Lucie und Christian waren auch sehr glücklich. Selbst dem Strand ging es gut.

14.

Die Welt ist durch die Globalisierung ein globales Dorf geworden, das voller Konflikte und Spannungen, aber auch voller Freude ist. Das Verhältnis von Ängsten und Freude ist entscheidend und gibt die Richtung an. Kollektive und individuelle Abstiegsängste existieren neben kollektiven und individuellen Aufstiegsträumen. Die Menschen sind immer Zeuge von Kämpfen um Macht- und Statuserhalt bzw. Erhöhung. Die Menschen fragen sich und müssen beantworten, wer sie sind als Gruppen und als Einzelne und worin ihr kollektiver und individueller Wert besteht. In den Augen anderer Menschen und Gruppen und in den eigenen Augen und Herzen. Dieser Selbstwert ist das eigentliche Kokain des Lebens. Die Menschen bezahlen dafür nicht nur mit Geld, sondern auch geldlos mit Schweiß, Blut und Tränen. Manchmal erscheint den Menschen die kollektive und/oder individuelle Selbstwerterhaltung wichtiger als die physische Selbsterhaltung. Dann bringen sie andere und/oder sich selbst um.

Was sind unsere Gruppenziele und individuellen Ziele, für die es sich lohnt zu leben, und wie hängen diese Ziele miteinander zusammen? Auch diese Fragen müssen die Menschen beantworten. Ob sie es wollen oder nicht.

Die hohe Komplexität, die Undurchschaubarkeit der Globalisierung erzeugt kollektive und individuelle Ängste. Die Menschen verlieren ihre Heimat bzw. haben das Gefühl der Heimatlosigkeit. In Deutschland sind es besonders Ängste vor Zuwanderung und Islamisierung. Diesen begegnen sie mit den Bedürfnissen nach physischer, materieller und emotionaler Sicherheit und mit den Wünschen nach politischen und religiösen Führern. Weitere Ausdrucksformen der Verarbeitung der Globalisierung sind die Bedürfnisse nach Ruhe und Spaß in unruhigen und sich schnell ändernden Zeiten. Im Westen werden, grob gesagt, eher wirlose Iche, in islamisch geprägten Gesellschaften und Gruppen eher ichlose Wir gesellschaftlich gezüchtet. Diese unterschiedlichen Prägungen sind mit Verständigungsschwierigkeiten zwischen den verschiedenen Gruppierungen verbunden. Viele dieser Ausdrucksformen der Verarbeitung der Globalisierung sind im Programm und in den Einstellungen der AfD enthalten

15.

Das interkulturelle Zusammenleben in Deutschland und Europa war für viele Gruppen mehr Grund für Ängste und Wut als Freude. Die Alternative für Deutschland (AfD) ist Mannschschaftskapitän dieser Gruppen in Deutschland. Sie ist sehr stolz darauf und freut sich so sehr, dass sie mehr will. Sie träumt von einem sehr großen und mächtigen Deutschland, das rein deutsch ist und bleibt. Und viele Menschen anderer Herkunft und Glaubens freuen sich nicht darüber. Dabei würden sie sich gerne freuen, dass sie in Deutschland leben. Viele Zugewanderte und ihre Kinder wünschten, die AfD hätte Humor. Und sogar Selbsthumor. Da die AfD keinen Humor hat, sorgen deren Gegner für ihre eigene Freude. Und das sehr aktiv und mit viel Vergnügen. Michael und seine Freunde gehören dazu.
Wenn man sich in Deutschland mit anderen Menschen zusammentut, um für Demokratie, Freiheit und Vielfalt was zu tun, kann man immer was erreichen. Man braucht auch sein Smartphone nicht um Erlaubnis zu bitten.
Alle Menschen mussten sich zusammen und einzeln fragen, wie Deutschland angemalt werden soll. Ob braun oder bunt.

Michael wußte beruflich und privat: ohne Zusammenarbeit und vielfältigen Austausch geht gar nichts. Wirtschaftlich, sozial und künstlerisch. Auch mit dem Humor war es so. Deshalb liebte er Vielfalt. Sie wurde irgendwann zu seiner Arbeitgeberin. Er erhielt einen unbefristeten Vertrag bei flexibler Arbeitszeit.

16.

Die Zeitungen ängstigten den Krieg herbei.
Der nächste Krieg zwang alle, das Private und Intime zu lieben. Bald würde wieder entspannt Krieg geführt werden.
„Die AfD hatte sich ins gemachte Nest des Nationalsozialismus gesetzt", dachte Michael. „Die AfD war, so sagte sie, besorgt um Deutschland. Eigentlich musste Deutschland besorgt sein wegen der AfD. Die AfD sagte durch die Blume, dass sie den Nationalsozialismus verbessern will. Die AfD sah vor lauter Deutschen Europa nicht. Das war ein AfD-Zeugnis. Alles Menschliche war der AfD fremd. Deutschland war mit der AfD auf Grundeis gegangen. Deutschland verstand nur AfD. Die AfD war mit allen dreckigen Wassern gewaschen. Es galt, die AfD von Deutschland zu trennen. Die AfD konnte Deutschland nicht das Wasser reichen. Die AfD war nur die Spitze des Neonazibergs", denkt Michael.

„Die AfD konnte nicht selbst denken, deshalb wünschte sie sich den Nationalsozialismus zurück. Sie war so klein, dass sie so groß werden wollte. Sie sagte es nicht, aber alle wußten das. Nur der Verfassungsschutz nicht. Der hielt die AfD für eine Vereinigung zur Stärkung der gesellschaftlichen Vielfalt und Toleranz in Deutschland und Europa. Der Verfassungsschutz meinte es ja nur gut. Die AfD sei nicht verfassungsfeindlich, sondern verfassungsförderlich. Der AfD wurde Unrecht getan. Diejenigen, die das taten, wären die wahren Verfassungsfeinde gewesen. Gegen die hatte der Verfassungsschutz bereits Untersuchungen eingeleitet. Sie standen von nun an unter intensiver und genauer Beobachtung. In Deutschland wird viel gelesen. Am meisten liest der Verfassungsschutz. Ja, wir konnten gut und tief schlafen. Unsere Verfassung war in guten Händen", scherzt Michael.

„Auch im Ausland war man voll des Lobes für die AfD. Sie wäre eine friedliche Alternative zu den bisherigen Parteien. Sie unterstütze die wirtschaftlichen Auslandsbeziehungen Deutschlands voll und ganz. Man war ganz beruhigt, versicherten uns die Holdings in aller Welt. Selbst wenn sie vorhätten und es schafften, nationalsozialistisch zu regieren, konnten sie dann einfach den Begriff nationalsozialistisch durch einen freundlicheren Begriff ersetzen. Und schon würde alles seine gewohnten Bahnen gehen und alle wären glücklichzufrieden. Image wäre ja schließlich wichtig. Wie 'made in germany'. Warum den Geschäftsbeziehungen so nachhaltig schaden, wenn kleine Korrekturen doch Wunder bewirken konnten? Deutschland ist ein sicheres Land. Wenn man im Ausland lebt", scherzt Michael.

17.

„Die Handwerker" waren stolz auf ihr gutes Deutschland, das 2015 Millionen von Flüchtlinge freundlich umarmte und aufnahm. Das war das Deutschland, für das sie einstanden. Für Demokratie und Freiheit und Teilhabe für alle. Das gute Deutschland bot Millionen von Menschen eine neue sichere Heimat. Deutschland hatte ihren Reichtum und ihre Sicherheiten mit Menschen aus extrem unsicheren Ländern geteilt. Und die waren und sind zum großen Teil sehr dankbar dafür und wollen sich für die deutsche Gesellschaft engagieren. Ein großer Gewinn und zivilisatorischer Fortschritt für Deutschland. Ohne Sicherheiten ist kein freiheitlicher Zivilisationsprozeß möglich. Umgekehrt gilt das auch. Ferhat kam selbst vor 12 Jahren als Flüchtling nach Deutschland. Er kann es sehr gut nachvollziehen. Er sagt, er würde für Deutschland sogar sein leben lassen. So dankbar ist er. Es zählte nicht mehr das Bio-Deutschsein, sondern der Wille, vollwertiges Mitglied dieser Gesellschaft werden zu wollen. Das machte allen „Handwerken" sehr viel Mut. Darauf wollten sie aufbauen. Sie selbst sahen sich und wurden teilweise gesehen als lebendiges 'Mini-Deutschland'. Sie zeigten, dass echte Vielfalt möglich ist und gut schmeckt.

Für Michael ist Vielfalt ein großer Gewinn, auch wenn es kein 'Alice im Wunderland' ist.

„Ohne Witze in Gesprächen, Büchern, Zeitungen, Filmen etc. hätten wir ein armseliges und trauriges Leben. Besonders die vielen internationalen Handwerkerkollegen lassen mich im Bereich Humor Porsche fahren. Ich lasse dann auch immer viele andere Kollegen und Freunde mitfahren. Ich habe auch nie Parkplatzprobleme. TÜV stellen die Zuhörer aus. Die Welt des Humors ist sehr vielfältig. Es gibt ihn zu allen möglichen Themen. Und es ist das ganze Jahr und zu jeder Tageszeit möglich. Und man braucht keinen speziellen Ort dafür", findet Michael.

Danach begannen aber die braunen Kameraden das Spiel zu führen. Der demokratische Rechtsstaat drohte sich ganz nach dem Gusto der AfD und ihres braunen Freundeskreises zu entwickeln. Dagegen hatten „Die Handwerker" was. Und nicht nur die.

18.

„Die AfD war nicht nett. Und auch nicht witzig. Sie waren selbstbewußte Feiglinge. Sie wollten die Sonnenstrahlen dunkler werden lassen und die Freiheiten enger. Extrem eng. Befehle von oben sollen unser Nachdenken und Entscheiden ersetzen. Der kranke Geist Adolfs sollte wieder lebendig und gesund werden. Deutschland sollte wieder braun organisiert sein. Es hätte ja auch was Entspannendes, wenn von oben entschieden würde. Man braucht sich nur um Job, Internet, Netflix, Haushalt und Kinder zu kümmern. Alles andere wird einem abgenommen. Und das Internet wäre dann auch einfacher. 560 Infos, eine Meinung. Das beruhigt besser als jedes Hefe-Weizen."

Der Name Deutschland sollte wieder niederknien lassen. Vorher würden sie nicht aufhören zu kämpfen und zu argumentieren. Sie würden so das Todesurteil für alle Demokraten und Freiheits-Schwärmer fällen. Diese konnten sich und ihre Ideale dann aber trotzdem retten. Wenn sie sich rechtzeitig aus Deutschland weit weg bewegen. CDU, SPD und Die Linke waren die Wahlhelfer der AfD. In den Reihen der AfD herrschte große Herzlosigkeit. Die AfD hatte wohl nicht gedacht, dass sie es so leicht haben werden. Fast so angenehm, wie sich eine Geliebte zu halten.

Michael kritisierte die ungerechte Globalisierung aufs Schärfste. Dafür bekam er noch nicht einmal ein Like auf Facebook. Und auch sonst nirgendwo. „Ich ticke leider nicht so erhaben wie Mahatma Gandhi". Die Weltwirtschaft und die Kriegsvorbereitungen liefen wie geschmiert. Die Zeitungen schrieben schon Krieg. Maschinengewehre, Panzer und Kampfflugzeuge übten schon. Es wurde viel produziert, alle Menschen könnten satt werden. Wäre es nicht Munition. Es war auch so hart und anstrengend, neutral zu bleiben. Es sei denn, man war ein Auto. Der Frieden drohte wieder zu verlieren. Kriege und Hungers – bzw. Wassernöte dominierten das Geschehen und bedrohten die Menschheit als Ganzes, auch wenn es (noch) nicht als ein gemeinsames menschheitliches Problem anerkannt wurde. Die Unterhaltungs- und Konsumindustrie boomte trotz allem oder gerade deswegen.

Michael scherzte: „Notfalls würde ich ja in den Krieg ziehen. Aber mit welchen Gewehren? Mit der G-36 kann man sich die Haare fönen, aber keinem feindlichen Soldaten Angst machen. Und vor allem: wie wird der Smartphone-Empfang sein? Unter LTE läuft gar nichts. Und wo sollen wir unsere Smartphones aufladen? Werden wir Netflix streamen können? Werden wir immer noch das Gefühl haben, das Internet sei frei?"

Generationen von müde gewordenen Denkern, Politikern, Psychologen und jungen Menschen hatten versucht, Faschismus mit politischen und weniger politischen Mitteln zu bekämpfen. Und was war das Resultat? Dem Faschismus ging es prächtig. In Deutschland, in Europa und überall in der Welt. Seine Anhänger hätten es alleine nicht besser hingekriegt. Die Globalisierung hatte ihnen Schützenhilfe geleistet.

Europa war längst nur noch drittklassig in der Welt, hatte aber das Gefühl, in der Champions-Leaque zu spielen. Deutschlands Bedeutung steht und fällt mit dem Export. Autos und Waffen vor allem. Geistig hatte es nichts mehr zu bieten. Die Genies von der AfD und ihre Anhängerinnen und Anhänger sahen das natürlich anders.

19.

Und dann kamen „Die Handwerker" und brachten den Faschismus in Deutschland mit Humor zur Strecke. Und das im Land der Universität des Faschismus. Damit hatte niemand gerechnet. Obwohl in dieser Welt 24 Stunden gerechnet wurde. Rechnen war das Grundnahrungsmittel der Menschen. Rechenfehler kamen nicht vor.

Der Faschismus in Deutschland in Form des Nationalsozialismus hatte weltweit Schule gemacht. Ihre lebenden Schülerinnen und Schüler feiern sich gegenseitig und sich selbst. Viele von ihnen tun es heimlich und intim. Faschismus ist eine nationalistische Bewegung, die autoritär, antiliberal, antidemokratisch, antimarxistisch ausgerichtet und nach dem Führerprinzip organisiert ist. Das Führerprinzip meint die bedingungslose Unterordnung der Mitglieder einer Gemeinschaft unter ihren Leiter (Führer). Ihm werden besondere Fähigkeiten zugeschrieben. Er entscheidet selbstherrlich.
Dagegen richteten sich die „Handwerker" in ihrem erdbebensicheren Glauben an Demokratie, Freiheit und

Menschlichkeit.

„Wissenschaft schafft nur Wissen. Keinen Frieden", dachte Michael. Mit politischen, soziologischen, ökonomischen oder psychologischen Argumenten kann man nichts gegen die AfD ausrichten. Auf Facebook vielleicht schon. Täglich ca. 150 likes vielleicht. Man braucht schon schwereres Geschütz: Humorvolles Theater. Die Zuschauer erkennen lachend alle Lügen der Politik und Wirtschaft. Das war quasi das 'Programm' der Handwerker. Sie brauchten es nie zu verlesen. Es wirkte auch so. „Die Handwerker" kamen gerade recht. Eine echte Friedenstruppe. International brüderlich und mit großem Appetit auf Freiheit und Demokratie und hell wie die Mittagssonne.

20.

Entstanden war die Idee für die Gruppe während einer Mittagspause auf dem Bau. Die Scherze und Witze liefen richtig gut. Michael hatte dann irgendwann einige Handwerker gefragt, ob sie nicht mal als Gruppe auftreten wollen, „Warum eigentlich nicht?", dachten sich ein, zwei andere auch. „Die kochen doch alle nur mit Wasser", meinte Michael dann. So waren „Die Handwerker" geboren.

Michael hat Steven, Kemal, Roberto und Ferhat auf verschiedenen Baustellen kennengelernt. Die Lach-Chemie stimmte auf Anhieb. Es war deshalb für Michael nicht schwierig, mutig zu sein und sie anzusprechen. Er fragte ganz direkt, ob sie sich öffentliche Auftritte vorstellen können.

„Klar, warum nicht?", meinte Steven. „Wieviel springt dabei für mich heraus?"

Michael: Das kann ich jetzt noch nicht sagen. Aber ein Döner mit Ayran sind so gut wie sicher.

„Bruder, das ist zu wenig. Du musst schon bisschen mehr bieten. Für einen Döner und Ayran geh ich noch nicht einmal hinter die Bühne.

„Wir müssen sehen, was alles möglich ist. Wir müssen einfach

mal anfangen. Dann wissen wir mehr."
Kemal hat zugehört und gesagt:
„Bruder, ich bin dabei. Wann geht es los?"
Auf einer anderen Baustelle lernte er den feurigen Roberto und die Glut Ferhat kennen und hat sie auch gefragt. Wenn man sich mit Roberto treffen will, muss man einen Feuerlöscher mitnehmen. Der Typ ist Leidenschaft. Ferhat war ein Kämpfer. Aufgeben stand nicht in seinem Wörterbuch. Ferhat hat nie Zigaretten näher kennengelernt. Drogen auch nicht. Kemal ist wie Ferhat ein Sucht-Analphabet. Roberto bekommt Atemprobleme, wenn er sich nicht mit Fußball beschäftigen kann oder im TV oder live zusehen kann.

Michael hatte großes Glück und ein kluges Händchen bei der Wahl der „Handwerker". Sie alle einte der Kampf gegen Rechts und besonders gegen die AfD. Sie traten für ein demokratisches und freies Deutschland ein.
Steven hatte etwas Erhabenes an sich. Das Erbe der britischen Kolonialmacht lebte still in ihm. Manchmal wurde es auch laut. Er hatte ein pragmatisches Verhältnis zu Frauen. Keiner Frau versprach er die Ehe. Dafür versprach er ihnen wortlos eine oder mehrere heiße Nächte. Zu 99,9 % war es

dann auch so. Ein Mann, ein Wort.

Kemal hat in seinem Leben viele Rechte kennengelernt. Daraus wurde allerdings keine Freundschaft. Sie haben ihn zweimal zusammengeschlagen. Die Rechten sind seine Feinde geworden. Das sollte sich auch nie ändern. Dafür hatte er viele deutsche Freunde. Einige waren konservativ, die meisten links. Kurt Tucholsky war sein Lieblings-Schriftsteller. Hamsi (Sardellen) waren sein Gelobtes Land. Kartoffel-Gebäck von seiner Mutter machte ihn auch jedesmal glücklich. Am liebsten trank er Kakao oder Ayran dazu. Raki würde ihn zu kreativ machen.

Roberto ist eine Spielernatur. Er schließt jede Woche Sportwetten ab. Dazu studiert er fleißig wie ein Klosterschüler. Aber keine heiligen Schriften, sondern alle möglichen Informationen zur 1. und 2. Fußball-Bundesliga. Meistens liegt er daneben. Aber drei bis viermal im Jahr räumt er jeweils ein paar Tausend Euro ab. Dann macht er seiner Familie viele Geschenke. Deshalb glauben sie ein wenig an das Tippen. Die Ergebnisse sind greifbar.

Ferhat hatte auch schon Begegnungen mit Rechten. Er wurde einmal geschlagen, hat aber sofort kräftiger zurückgeschlagen.

Er hat sie in die Flucht geschlagen. Wenn Ferhat zuschlägt, wächst gar nichts mehr. Er schlägt dann immer mit der Wut des gesamten kurdischen Volkes zu.

„Jeder, der oder die ein Smartphone anschalten kann, wird Youtube-Star. Es ist schon fast schwieriger geworden, kein Youtube-Star zu werden", scherzte einer.

Nach den ersten Auftritten in den Nachbargemeinden bekamen sie Zuspruch und großes Lob. Das gab ihnen einen großen Energieschub. Sie trauten sich immer mehr zu und wurden besser. Sie waren dann davon überzeugt, dass sie gut waren und noch besser werden können. Und das haben sie auch erreicht.

Vor den ersten Auftritten hatten sie sich noch nicht einmal zugetraut, dass sie die Aufführung überstehen würden. Roberto z.B. wußte nicht, wie er sich seinen Text merken soll und wann er immer dran ist. Aber dafür haben sie sich Tricks überlegt und Roberto hat glänzende Vorstellungen hingelegt. Wie alle anderen auch. Kemal hatte sich auch Sorgen gemacht, ob er es mit seiner schwachen Blase 1 Stunde ohne Toilletten-Gang aushalten würde. Die anderen gaben ihm den Tip, einfach weniger zu trinken vorher. Kemal hat schnell gelernt.

21.

Zusammen und mit vereintem Geist vermochten „Die Handwerker" mehr und Höheres zu vollbringen als alleine. Als Einzelner kann man keine mächtige Gruppe von Menschen niederringen. Als eine humorfarbige Gruppe schon. Das wußten sie auch. Daher auch ihr Selbstbewußtsein. Sie sind alle deutsche Staatsbürger. Sie glaubten an sich und ihr gemeinsames Ziel der Bekämpfung der AfD mit ihren humoristischen Mitteln. 'Durch Witz und Humor bekommt die AfD einen Tumor' war ihr Spruch.

„Die Handwerker" waren durch ihre Erfolge bei ihren Auftritten allmählich so selbstbewußt geworden und saßen, standen und gingen so entspannt, als hätten sie den Weltfrieden gestiftet oder den Hunger in der Welt beendet oder alle Regenwälder wieder vollständig aufgeforstet. Deutsche haben Größe. Wenn nicht, arbeiten sie gerade daran. Aber „Die Handwerker" waren alle auf dem Bau geblieben. Sie waren echt und wahrhaftig und bescheiden wie Bienen. Ihr Selbtbewußtsein gründete nur auf ihren wirklichen Fähigkeiten und Fertigkeiten und das, was sie taten und außerhalb ihres Kontos bewirkten. Sie gewannen mehr und mehr Leichtigkeit und wurden immer geschmeidiger und beweglicher. Geistig, körperlich und emotional.

Sie wollten die AfD völlig schwächen. Mindestens so sehr, dass von ihr keine Gefahr mehr ausgeht. So stark und mächtig wie eine Schildkröte kann sie ruhig sein, dachten sie sich. Dann ist es überall besser in Deutschland. Wälder und Wiesen sind dann satter grün und die Sonne heller und das Lächeln und Lachen der Menschen reiner warm. „Für "political correctness" fehlen mir die Englisch-Kenntnisse", sagt Michael. „Zu einem schlechten Deutschland fallen uns nur gute Witze und Scherze ein."

22.

Von außen betrachtet, konnte man denken, diese fünf fröhlichen Männer feierten eine Party. In Wirklichkeit probten „Die Handwerker" Steven, Kemal, Ferhat, Roberto und Michael im Vereinsheim von SV Fortuna Neumünster den nächsten Auftritt. Sie saßen ganz locker und entspannt im betrunkenen Halbkreis, vor ihnen jeweils eine unterschiedlich volle Flasche Jever. Einige hatten ihre Beine neben dem Bier lang ausgestreckt. So arbeiteten keine Hirnchirurgen.
Die Witze und Scherze und auch die komische Körpersprache steckten sich hier gegenseitig an. Zuschauer waren nicht zugelassen. Sie stellten sich vor, sie würden Mittagspause haben und humorvoll über Politik und Sport diskutieren. Sie nahmen die Probe von „Mittags auf dem Bau" immer auf eine fest installierte Kamera auf. Um gemeinsam immer besser werden zu können. Drei Stunden Aufzeichnung, 1,5 Stunden Show. Das war Handwerk. Im Hintergrund lief gedämpft Party- und Tanzmusik der letzten 30 Jahre. Am Ende der 'Party' war immer eine Kiste Jever leer.
Meistens legte jemand los mit: „Los Mädels, auf geht's." Dann ging es los, als wäre wirklich Mittagspause auf dem Bau. Voller

Leben. Sie waren voller Elan und wollten alle gleichzeitig erzählen. Sie mussten sich zügeln und so ging die 'Mittagspause' ihre geordneten Wege ohne Mittagsessen.

Erst wußten sie auch nicht, wie sie das Lampenfieber überwinden sollen.

„Was machen mit der Lampenfieber", fragte Ferhat. „Vergiss Lampenfieber. Denk einfach an den Dönerteller und die fünf Halbe nach der Show. Sei einfach wie auf dem Bau. Leb auf der Bühne."

„Gute Idee", meinte Ferhat beruhigt. So ähnlich haben es die anderen auch geschafft. Sie wurden immer besser als sie sich vorher zugetraut hatten. Irgendwann waren sie alle so gut, dass sie eine zweite 'witzige Nationalmannschaft' hätten ausbilden können.

Anfangs waren sie so kreativ wie Dachziegel. Sie waren wie Lehrlinge in den ersten Wochen im ersten Lehrjahr. Maurerkelle und Ziegel konnten sie quasi halten, aber es war kein Mauern. Schnell kamen dann aber viele Impulse von Michael und sie wurden immer professioneller. Sie beherrschten mehr und mehr ihre Handlungen und ihre Sprechweise. Die Bühne wurde zu ihrem Zweitwohnsitz. Sie haben gelernt, wieviel Energie sie jeweils für ihr Tun einsetzen müssen, damit es echt wirkt und sie sich wohl fühlen.

Sie haben auch immer mehr innere Wärme, echtes Interesse für andere Menschen, füreinander und andere Dinge entwickelt. Sie wurden freigiebig und großzügig, ohne dass sie Geld verschenkten. Ihr Herz wuchs.

Sie beendeten ihre 'Party' immer mit ihrem Song: „Wir bringen die AfD zu Fall, AfD zu Fall, AfD zu Fall." Anschließend saßen sie zusammen und aßen was, das sie sich vom Lieferdienst bestellten.

Sie kennen sich schon so gut, dass sie sich ständig gegenseitig aufziehen und reinlegen. Steven reagiert sehr empfindlich bei scharfem Essen. Kemal bestellte die Pizza Salami für Steven extra scharf. Er hatte so großen Appetit, dass er mehrmals kräftig reinbiss. Danach brauchte er eine halbe Stunde, um wieder klar zu sprechen. „Ihr Wichser", meinte er nur. Sie haben alle richtig gut kostenlos gelacht. Steven mit halber Stunde Verspätung. Kemal hat am stärksten gelacht. Kemal ist sowieso ein Spaßvogel, für den jeder Tag Feiertag ist. Ferhat war so außer sich vor Lachen, dass er getanzt hat. Sie haben sich köstlich amüsiert. Ihre Kreativität dankte es ihnen. Die nächste Show war ausgezeichnet.

Heute war schon die 14. Probe. Es ging drunter und drüber, aber geordnet. Michael war immer ein wenig Ringrichter, der auch für genug Spaß sorgte. Sie kamen alle voll auf ihre Kosten. Alle packten mit Worten und Gesten an. Heute wurden neben der AfD die Kriegs- und Hungertreiber Trump und Putin durch den Kakao gezogen. Wenn die es wüßten, hätten sie zumindest bei den Handwerkern nichts zu lachen. Die Konflikte zwischen Trump und Putin sind Kalter Krieg 2.0. Für eine gegenseitige Friedenserklärung zwischen dem Amerikaner und dem Russen würde es dennoch nicht reichen. Aber für eine sagenhafte Show reichte es.

Für sie ist jede einzelne Probe so wichtig wie das Championsleague-Finale. Oder wie die Eröffnungsvorstellung jeweils am 7. Dezember an der Scala. Nach den Aufführungen feiern „Die Handwerker" immer ihren Sieg.

23.

Kreativ wie Kinder waren sie, „Die Handwerker". Die Witze und Scherze alle vom Feinsten. Sie lachten sich immer fast wahnsinnig. Beim Erzählen und Hören der Witze und beim Spielen der 'Mittagspause auf dem Bau'. Das war ihr Markenzeichen. Wenn sie übten. Das ging noch etwa drei Monate so. Danach waren sie nicht nur in den Dörfern Schleswig-Holsteins, sondern auch in den Städten gefragt. Ausverkaufte Häuser.

Dann dauerte es nur noch sechs Monate, bis die 'witzige Nationalmannschaft' in allen größeren Städten Deutschlands auftrat. Mittagspause konnten sie dann machen, wann und wie lange sie wollten. Die Pausen wurden dann sozusagen bezahlt und es zog nicht mehr so auf dem Bau. Und dann gab es kein Halten mehr. Das Fernsehen hatte sich fast um sie geschlagen. Ihre Vorstellungen wurden live übertragen. Alle lachten. Nur die AfD und ihre Freunde zitterten. Zurecht. Denn die Umfragen taten der AfD nicht gut. Sie konnte sie nur angetrunken bis betrunken ertragen. Ihre Zustimmung sank immer mehr.

Und das Unheimliche war, dass „Die Handwerker" für die miese Laune der AfD sorgten. Es war nachweislich. Die Wähler wurden gefragt, warum sie nicht oder nicht mehr die AfD wählen würden. Ja, der Hauptgrund sei, dass „Die Handwerker" der AfD die Hosen runtergezogen hatten. Das habe ihnen endgültig die Augen geöffnet. Die AfD begann, die „Handwerker" zu fürchten. Umgekehrt war es nicht so. Die Handwerker waren frech und frei. Sie wurden zu den Gewinnern. Alle 5 ehrte das, und sie fanden es sehr würdevoll, die AfD in die Schranken gewiesen zu haben. Das war das Größte für sie im Leben. Sie waren äußerst stolz auf sich. Und es gab Millionen von Menschen in Deutschland, die stolz waren auf die Handwerker. Deutschland hatte Großes vollbracht.

24.

In Deutschland wurde auf der einen Seite so getan, als gehe es bei den Problemen des Zusammenlebens nur um die Frage, ob man Zaziki zum Döner haben wolle oder nicht. Auf der anderen Seite wurde so getan, als wäre nach jedem Streit am nächsten Tag Weltkrieg mit anschließendem Weltuntergang. Dazwischen bewegte sich die 'Mittagspausen-Welt' der 'witzigen Nationalmannschaft'. Sie redete bunt.

Im Kleinen stellten sie alle möglichen Vorzüge und Probleme des interkulturellen Zusammenlebens in Deutschland und Europa dar, ohne gleich eine Doktorarbeit darüber zu schreiben. Mit ihrem komischen Theater erreichten sie die Herzen der Zuschauer. Die reagierten positiv oder negativ, es sei denn, sie haben sie nicht gesehen.

25.

„Die Handwerker" waren wie eine Familie. Die Gruppe ist der Star. Intern wird Michael dennoch 'Don Corleone' genannt. Er hält in der Gruppe die Zügel in der Hand und ist Regisseur. Wenn sie sich begrüßen, tun die anderen so, als wollten sie 'Don Corleone' die Hand küssen. Dieser sagt dann z.B.: „Steven, Steven, was habe ich dir nur getan, dass du mich so respektlos behandelst?" Sie lachen dann immer wie kleine Kinder. Ja, man kann sagen, sie mögen sich sehr.
Und sie halten extrem gut zusammen wie eine Familie. Deutschland wäre mit solch einem Zusammenhalt weit vorne in der Macht- und Statushierarchie der Welt. Wenn sie keine recht- und ordnungsliebenden Menschen wären, könnten sie auch als Verbrecherbande erfolgreich werden. Klug und intelligent und auch gerissen genug wären sie. Und sie sind immer am Puls der Zeit. Sie wüßten, wie genau man das große Geld machen könnte. Sie würden sich akribisch darauf vorbereiten. Wie auf ihre Aufführungen. Vorbereitung ist alles. Und sie sind äußerst lernbereit und lernfähig. Und ehrgeizig sind sie wie Oliver Kahn. In kürzester Zeit wären sie wer in der Verbrecher-Gemeinde. Nach einigen Jahren könnten sie sich

zur Ruhe setzen. Wenn sie denn in Ruhe gelassen werden würden.

26.

Das Sommerfest der witzigen Nationalmannschaft fand am Nachmittag des 17. August stand. Michael hatte das Betriebsgelände seiner Firma dafür organisiert und mit Doreen und ihren Freundinnen hergerichtet. Eine angrenzende Wiese gehörte dazu. Die 'witzigen Kollegen' haben natürlich alle mitgeholfen. Vor allem, um die Getränke und Kühlschränke anzuschaffen. Eine internationale Organisation und Feier.
Michael war sogar von Anfang bis Ende der Feier ziemlich nüchtern. Es war eine sehr fröhliche Feier mit allen möglichen internationalen Köstlichkeiten. Es gab auch Wunder. Wasser als flüssiges Wunder und Brot als essbares Wunder. Alle waren in der Stimmung, als hätten sie gerade ihr erstes Fahrrad, Smartphone oder Auto geschenkt bekommen. Einigen ging es auch so, als hätten sie in der Nacht vorher ihren ersten Sex gehabt. Bei einigen Erwachsenen hatte man irgendwann das Gefühl, sie würden gerade sprechen lernen.
Sie haben alle gemeinsam auch Spiele gespielt. Die Kinder waren die Königinnen und Könige. Sie gaben sich sehr viel Mühe, wunderbar laut und lebendig zu sein. Es gelang ihnen hervorragend. „Die Handwerker" versuchten heimlich, von

ihnen zu lernen.

Die Gespräche waren alle sehr anregend und inspirierend, auch wenn einige nur Monologe waren. Es gab auch nicht wenige Kuss-Gespräche. Sie waren aber immer nur kurz. Aus Rücksicht vor den Kindern und unglücklichen Singles. Aber an diesem Tag waren auch die glücklich. Es hat sich sogar ein neues Paar gebildet.

Und „Die Handwerker" wollten alle einfach feiern und nicht witzig sein müssen. Alle ließen sie auch. Nur gegen Ende der Feier um ca. 22.30 Uhr meinte jemand: „Könnt ihr nicht zum Schluß ein wenig spielen?" Michael antwortete: „Ich kann mich nicht daran erinnern, wann du mich zuletzt zu einer Tasse Kaffee in dein Haus eingeladen hast. Du sagst noch nicht einmal Pate zu mir." Alle lachten. Es war eine berühmte Szene aus „Der Pate".

Alle fühlten sich so wundervoll wohl wie an Weihnachten oder an anderen internationalen Feiertagen. Für „Die Handwerker" war es wie ein herrlicher kostenloser Familien-Urlaub, der ihnen vorkam wie zwei Wochen.

Roberto hatte am nächsten Tag einen heftigen Kater. Er hat sich gesagt: „Beste Mittel wo gibt gegen Kaze is weitertrinken." Er tat es später. Aber nur noch Säfte und Wasser.

27.

„Die Handwerker" kannten die Nachrichten aus dem In- und Ausland so gut, dass man meinen könnte, sie schreiben die Nachrichten. Die genauen Positionen der AfD könnten sie im Suff nachts um vier vortragen, so, als wären sie AfD-Politiker.
Die 'witzige Nationalmannschaft' produziert aus echten Gefühlen echte Gefühle bei den Zuschauern. Um von ihr nicht bewegt zu werden, muss man blind und taub oder tot sein. Nach der Vorstellung gehen die Zuschauer immer reicher nach Hause. Sie legen sich mit einem größeren Bankkonto an Ideen und Erfahrungen schlafen.
Die Handwerker wissen nichts von Kreativitätstheorien. Aber mit ihren Scherzen und Gags könnten sie alle Komiker und Comedians des Landes versorgen. Und zur Vorbereitung auf die Auftritte brauchen sie keine Entspannung. Ein Döner, eine Pizza oder eine Currywurst und eine klassische Coke oder ein kühles Blondes tun es auch. Das geht auch schneller. Dann ist sogar ihr Smartphone entspannt.
Sie haben das Leben nicht von Wikipedia und auch nicht auf Facebook gelernt. Ein Zuschauer war mal so mitgerissen, dass er sich erschrocken hat und laut Hilfe! gerufen hat und

aufgesprungen ist.

Sie sind bei den Shows immer so sehr in ihr Spiel vertieft, dass sie am Vorstellungs-Ende eine laute Klingel brauchten, um gestoppt zu werden. Fast vergaßen sie immer, dass sie nur spielten.

Alle Zuschauer, die vorher Demokratie- und Freiheitsatheisten waren, begannen danach ein wenig, auch daran zu glauben und dafür einzutreten. Eine politische und soziale Offenbarung. Andere wiederum, die außer Hunger, Durst und Lust auf Sex nichts mehr in ihrem Leben empfanden, lernten ganz neue Gefühle und Gedanken kennen. Auch wenn einige davon nicht wußten, was sie damit machen sollten. Auf ebay-Kleinanzeigen verkaufen konnten sie sie nicht. Aber jedenfalls sind die Shows günstige Lach-Trainings auf höchstem Niveau. Menschen, die mit Familienangehörigen oder Freunden im Streit waren, versöhnten sich nach den Shows mit ihren Freunden und Liebsten. Ehepaare, die sich eigentlich scheiden lassen wollten, verliebten sich nach den Shows neu.

28.

Vielfalt läuft. Die Zusammenarbeit der 'Handwerker' klappt bestens. Ohne Kreuzzüge und Terroranschläge. Der deutsche Christ Michael, der englische Atheist Steven, der türkische Muslim Kemal, der kurdische Yezide Ferhat und der italienische Katholik Roberto. Kemal und Steven waren Elektriker. Roberto und Ferhat waren Maurer.
Steven lebte seit 30 Jahren in Deutschland. Er war sieben, als seine Eltern nach Deutschland auswanderten. Es war nicht so leicht für Steven. Dafür war Englisch für ihn immer sehr easy. Er war so gut, dass er teilweise für kurze Zeit mehrere Mitschüler unterrichtete. Die Lehrerin widmete sich in der Zeit immer anderen Schülerinnen und Schülern. Steven war eher still, aber tief wie ein Ozean. Er spricht Macho, aber auch romantisch. In jedem Fall Frauen erobernd.
Roberto ist ein Integrations-Verweigerer. Er denkt sich, ich zahle Steuern. Das muss reichen. Wozu soll ich perfekt deutsch sprechen? Robertos Eltern kamen in den 1960ern nach Deutschland. Sie stammten aus Sizilien, genauer Palermo. Das Feuer und die Mafia hat er mit auf den Weg bekommen. Sie haben ihn nie verlassen.

Kemal ist der deutsche Türke. Er spricht besser deutsch als viele Deutsche. Kemals Eltern stammen aus der Schwarzmeerregion der Türkei. Sie kamen in den 1970ern als Gastarbeiter nach Deutschland. Das Gefühl des Gastseins haben sie nie verloren.

Ferhat kam Anfang der 1990er Jahre als politisch verfolgter Flüchtling nach Deutschland. Er hat ein ausgezeichnetes Gedächtnis. Es ist fast ein fotografisches Gedächtnis. Innerhalb kürzester Zeit hat er sehr gut deutsch gelernt. In der Berufsschulklasse war er der Beste. Seine Ausbildung im Kampf gegen den Faschismus hatte er im Südosten der Türkei erhalten. Hier in Deutschland bildete er sich gewissermaßen weiter.

Alle fünf Handwerker wurden allmählich zu Meisterschülern im Kampf gegen Faschismus und Unmenschlichkeit. Ihre humorvolle Vielfalt war ihr Ass im Ärmel. Stauffenberg und Che Guevara waren große Vorbilder für sie. Und sie brauchten Vorbilder, um nicht konfus zu werden bei all der Komplexität des Lebens und Zusammenlebens sowie Erlebens. 'Mittags auf dem Bau' vereinfachte alles sehr.

Sie haben sich nicht einmal geschlagen oder die Waffe gezogen. Sie tragen auch nie Waffen. Ihr komisches Theater ist ihre gemeinsame politische Waffe. Sie sind tolerant und üben es bei jeder Probe.

Bei einem heftigen Streit zwischen Kemal und Michael beispielsweise würde Michael vielleicht denken: „Wäre jetzt vor dem Hintergrund des staatlichen Monopols der physischen Gewalt angesichts dieses Vorfalls eine Schlägerei angebracht?" Ferhat würde denken: „Ich geben jetzt voll normal eine auf der Nuss". Er würde es bestimmt tun, wenn sie kein Team wären. Und das schneller als Michael seine Frage formuliert hätte.

Natürlich scherzen sie auch. Ferhat sagte zu Roberto beispielsweise: „Na, Roberto. Sonntag wieder neues Spiel, neues Glück?". Ferhat meint damit die Beichte von Roberto, der aber schon seit Jahren nicht mehr in der Kirche war, dafür aber alle zwei Wochen im heiligen Tempel Fußball-Stadion. Wenn die Spieler vom 1. FC Neumünster so leidenschaftlich wie Roberto wären, würden sie bestimmt öfter gewinnen und nicht nur in der Bezirksklasse spielen. Michael hat Roberto schon öfter nahegelegt, Trainer von Neumünster zu werden. Er würde die Spieler jagen. Sie würden vor Angst sehr viele Tore schießen und keine reinlassen.

„Die Handwerker" sind jedenfalls Groß-Meister im Umgang mit

Vielfalt. Ihnen fällt immer was Brauchbares und Passendes ein. Und es ist natürlich fast immer witzig. Sie sind ja schließlich kein Bestattungsinstitut. Vielfalt ist für sie eine Schatztruhe. Wenn es mal nicht mehr klappen sollte als „Die Handwerker", könnten sie bestimmt auch als Diplomaten arbeiten. Zumindest im Multikulti-Viertel von Neumünster.

29.

Die Handwerker wollten Wirkung. Keinen Erfolg. Erfolge hatten sie genug. Familie, Kinder, Freunde und ein fast abbezahltes Haus. Sie hatten auch schon viele Häuser fertiggestellt. Jetzt wollten sie die AfD dazu bringen, aus dem Bundestag zu laufen und nie wieder zu kommen. Denn „Die Handwerker" nannten das Kind beim Namen. Sie sagten Stein zu Stein, Fliese zu Fliese und Neonazis zu der AfD.

Nach einiger Zeit begannen auch viele andere, das zu sagen und zu schreiben. Und so wurde der AfD ganz eng ums Herz. „Die Handwerker" oder die 'witzige Nationalmannschaft' bewirkten viel. Bei ihnen saßen die Leute vor dem Fernseher nicht fest im Sessel wie bei vielen Comedians. Nein, ihnen ging es nicht um ihr Portemonnaie und um heiliges Ego. Es ging ihnen um Deutschland. Deutschland sollte frei und geschwisterlich leben. Das wollte die AfD nicht. Und weil sie es nicht wollte, soll niemand es wollen. Sie war ein wenig engherzig, die AfD. Sie kam sich aber großherzig vor, und viele glauben ganz verliebt daran.

Hand in Hand arbeiteten „Die Handwerker" daran, die AfD niederlachen zu lassen. Sie waren das Gegengift zur AfD. „Die Handwerker" glaubten an sich. Sie wollten was reißen. Kein guter Scherz oder Witz über die AfD war ihnen zu schade. Wirksam mußten sie sein. Und nachwirken bis zu den übernächsten Wahlen. Und reinen Tisch sollten sie machen. Für bessere Verhältnisse. Auf dass keiner mehr auf die Idee kam, die Unmenschlichkeit in den Bundestag zu tragen. Sie gehörte, so Michael, auf den Friedhof der kranken Träume.

Die AfD hatte, so sagte sie, das Rezept für die Lösung aller nationalen und sozialen Probleme. Der alternative Adolf hatte das auch gesagt. Die Ergebnisse waren ja bekannt. Und „Die Handwerker" hatten das Rezept für die Auflösung der AfD. Sie wußte es noch nicht. Aber sie erfuhr es noch. „Die Handwerker" verpassten der AfD empfindliche Lacher. Sie hat sich davon nicht mehr erholt. Schlecht für die AfD, gut für Deutschland und Europa.

30.

Der Ehrgeiz der „Handwerker" richtete sich nicht nur auf ihre politische Wirkung. Sie wollten auch gute Schauspieler werden. Michael machte sich im Internet schlau und suchte nach Büchern von Schauspiellehrern und Theatergruppen. Er stieß auf das Moskauer Künstlertheater und auf das Group Theatre (1931-1941). Das Group Theatre entstand aus den enthusiastischen Reaktionen einiger Schauspieler auf die Gruppen-Qualität des Moskauer Künstlertheaters um Konstantin Stanislawski. Michael wußte natürlich, dass sie niemals auch nur annähernd so gut wie sie werden würden. Aber wer sich als Fußball-Profi an Diego Armando Maradona, Zinidine Zidane oder an Lionel Messi orientiert, könnte so gut wie Marco Reus werden. Wenn er sehr hart an sich arbeitet und es sich zutraut.

Genau wie dem Group Theatre ging es den „Handwerkern" allgemein auch um eine Kritik am Kapitalismus und um den Kampf für soziale Gerechtigkeit. Auf ihre beschränkte und witzige und auch charmante Art und Weise.

Diese großen Vorbilder wurden zu Sternen am Himmel für sie. Durch deren unzählige Ideen wurden sie immer besser und professioneller. Und sie wurden und blieben sehr ehrgeizig in jeder Hinsicht.

Nicht nur Michael hatte einen künstlerischen Spitznamen. Roberto nannten sie 'Giovanni'. Benannt nach dem großen italienischen Theaterschauspieler Giovanni Grasso (1875-1930). Wenn Roberto bei der Show anfing zu sprechen, hatte man das Gefühl, er zündet die Bühne an. Und man dachte, dass sein Blut sprach oder fast schrie. So leidenschaftlich war er. Und dennoch kontrolliert. Er schaffte es, wie die anderen auch, seine inneren emotionalen Impulse durch Ausdruck nach außen zu bringen und sie so freizusetzen.

Steven hatte den Spitznamen 'Gary'. Wie der englische Fußball-Nationalspieler Gary Lineker, der englische Rekordtorschütze bei Weltmeisterschaften. Das war ein richtiger Sportsfreund. Er hat in seiner gesamten Karriere weder eine gelbe noch eine rote Karte bekommen. Ein großes Vorbild für Steven.

In der Gruppe hieß Ferhat 'Romeo'. Eigentlich trägt er ja den Namen Ferhat aus der berühmten Liebesgeschichte „Ferhat und Sirin". Aber das wäre zu einfach. Als 'Romeo' ist er eine der wichtigsten Theaterfiguren des Abendlandes. Das würde anspornen. Schauspielerisch und liebestechnisch.

Ferhat war auch eher leidenschaftlich, aber stiller und nicht so impulsiv wie Roberto. Kemal ist für seine Mitstreiter der heitere 'Lee'. Nach dem großen Schausspiellehrer Lee Strasberg (1901-1982). Strasberg hatte zusammen mit Cheryl Crawford und Harold Clurman in New York das Group Theatre gegründet.

Steven war vom Grundton und der Grundfarbe eher ausgeglichen und ausgleichend, aber nicht weniger feurig, wenn es nötig war.

Ja, die Handwerker haben sich alle zusammen und jeder für sich viel vorgenommen. Sie sagten sich aber alle, dass es schon reichen würde, wenn sie auch nur ein wenig so gut wie ihre großen Vorbilder sind und werden. Ein bisschen Kaffee ist auch Kaffee. Wenn man in die Richtung des Lichts geht, sieht man mehr.

31.

So erwies sich, dass „Die Handwerker" auch Künstler waren. Mit genialem Sinn für lähmende Witze und Scherze gingen sie vor. Lähmend für die AfD. Ihre Beifall-Klatscher liefen ihnen weg und der 'Friedenstruppe' zu. Für die AfD war quasi monatelang Stromausfall. Nachdem die Zuschauer „Die Handwerker" erlebt haben, sahen sie die AfD mit anderem Herzen.
Plötzlich begannen die Medien, nicht mehr über die AfD zu berichten, sondern über die 'Handwerker'. Sie erhielten täglich Einladungen zu Interviews, Festen und sogar zu Geburtstagen. „Die Handwerker" haben der AfD quasi den Saft abgedreht.
In den sozialen Netzwerken wie Facebook stritten die Menschen über die aktuellen Themen der witzigen Nationalmannschaft. Die Diskussionen waren leidenschaftlich und trotzdem differenziert.

Facebook war ein Anti-Terrorgefängnis. Die User ließen ihren ganzen Frust und ihren Hass da. Sonst würden sie womöglich noch zu Terroristen. Deshalb verdiente Facebook Anerkennung. Auch wenn Facebook null bringt, schützen sie die Bevölkerung doch unbeabsichtigt vor der Zunahme von Terroristen.

Die Leute hatten wieder was zu reden und zu schreiben. Die Medien waren keine ängstlichen Berichterstatter der AfD mehr. Die AfD war das Jobcenter für die übrigen Parteien und für die Bevölkerung.

Am wichtigsten für die Leute war die Bundesliga. Dann kamen „Die Handwerker". Deutschland sprach wieder miteinander, wenn auch nicht immer gut. Teilweise verübten die Leute auch gegenseitig verbale Terroranschläge aufeinander. Doch es blieb alles friedlich im Land. Zumindest äußerlich. Die Witze und Gags der 'Handwerker' wurden auf Youtube verbreitet. Die Menschen waren froh, dass wieder was Positives passierte im Land. Es bewegte sich was.

Das Video der letzten Show der Handwerker auf Youtube wurde für viele zum High-Light der Woche. Viele nutzten es, um sich zu entspannen. Anstatt an diesem Tag Yoga zu machen, schauten sich viele Frauen das Video als lustigen Ersatz an. Männer holten sich einen Döner und zogen sich das Video rein. Einige Frauen und Männner hatten auch das komische Gefühl, dass ihre geistigen Muskeln trainiert werden. Deutschland brauchte solche witzigen Ensemble-Künstler. Frieden, Freiheit und Wohlstand für alle Menschen war ihre Utopie. Nicht nur in Deutschland, sondern in der ganzen Welt. Sie wussten nichts von Zivilisationstheorie und Demokratietheorie. Aber sie hatten Bedeutendes zu erzählen von Menschlichkeit, Anstand und Integrität. Das brauchte Deutschland und holte es sich auch.

32.

Die Popularität der witzigen Nationalmannschaft hätte sogar Dieter Bohlen neidisch gemacht. Sie haben sogar Einladungen bekommen, Politiker zu werden. Das haben sie abgelehnt, weil sie wußten, dass sie so ihren Humor und damit ihre Wirkungskraft verlieren würden.
Sie machten aber Werbung für eine Baumarkt-Kettte. Man sieht sie in dem Videoklip, wie sie lachend durch die Gänge gehen. Der Umsatz dieser Kette wuchs in der Folgezeit stark an. Das Konto der „Handwerker" auch. Das war für sie überaus positiv. So ließ es sich leben. Sie wurden fürs Lachen bezahlt. Das war ein gutes Geschäft für die 'witzige Nationalmannschaft'.
Ein großer Autokonzern wollte es sich nicht entgehen lassen und schenkte jedem von ihnen ein Auto für 1 Minute Werbung mit ihnen. Sie hielten es für legitim. Damit würden sie keines ihrer Ideale verraten. Sie mußten auch pragmatisch denken. Hohe Ideale sind ehrenswert. Magen und Unterleib zielen aber tiefer. Schließlich haben sie schon einiges bewirkt. Ihre Wirkung war ja insgesamt so fantastisch, dass nicht einmal ihre Träume da mithalten konnten. Sie brauchten einige Zeit,

um das gut zu verarbeiten und sich daran zu gewöhnen.
Um auf dem Bau zu bleiben, haben sie u.a. Kinderkrankenhäuser besucht und den Kindern als Clowns verkleidet Geschenke gemacht. Das hat die Kinder und die Handwerker extrem glücklich gemacht. Das haben sie einmal im Monat getan. Dazu nahmen sie auch ihre eigenen Kinder mit, die jedesmal außer sich sind vor Freude.
Michael besuchte auch einmal im Monat ein Seniorenzentrum und liest Seniorinnen und Senioren vor. Das macht ihn immer so glücklich, dass er während der Heimfahrt immer weint vor Freude und Dankbarkeit.
Außerdem malt Michael Mandalas.
Alle 'Handwerker' lebten und traten auf mit dieser tiefen Dankbarkeit, dass sie etwas bewirken durften. Und sie freuten sich bei jeder Aufführung so, als würden sie gerade eingeschult.
Roberto hat Töpfern gelernt, Kemal macht mit seiner Familie Radtouren und Picknick. Er hat sich auch in die Reparatur von PC reingefuchst und repariert ehrenamtlich für Bekannte PCs. Ferhat hat gelernt, das Saiteninstrument Saz zu spielen. Steven arbeitete einen Tag im Monat ehrenamtlich für Obdachlose.

Das alles machten sie, um nicht arrogant zu werden. Aber durch ihren Beruf sind sie ohnehin sehr geerdet. Und niemand im Bekannten- und Freundeskreis findet die Handwerker arrogant. Das ist für die fünf eine große Auszeichnung, die für sie mehr wert ist als der Oscar oder der Nobelpreis. Am meisten fühlen sie sich anerkannt, wenn ihre Kinder sie bedingungslos lieben. Gleichgültig, ob sie berühmt sind oder nicht. Papa ist Papa, und Mama ist Mama. Kinder sind sowieso die besten Kritikerinnen und Kritiker. Sie erkennen sofort, ob jemand echt ist oder nicht. Denen können Erwachsene nichts vormachen. Kinder haben, wie viele Frauen auch, einen Röntgenblick. Für Kinder zählt nur, was die Erwachsenen tun, nicht wer oder was sie sind oder vorgeben zu sein. So einfach ist das.

33.

Der ICE war voll. Auf der Zugfahrt nach Hamburg feierte die 'witzige Nationalmannschaft' und brachte fast den ganzen Zug dazu, dass Fasching ist. Roberto stellte sich vor, sie führen gerade zum Gardasee.
Steven vernascht fast öfter verschiedene Frauen als seine Kollegen Zähne putzen. Steven stellte sich vor, er würde gerade mit einer Frau in den Urlaub fahren, mit der er schon 1 Jahr zusammen ist. Kemal hatte das Gefühl, bei einem Meisterschaftsspiel von Trabzonspor dabei zu sein. Ferhat stellte sich vor, in den Bergen seiner Heimat zu sein. Und Michael war so, als wäre er auf einem Konzert von Jimi Hendrix.
Steven und Kemal hatten eine Papier-Tröte im Mund. Sie tröteten so, als würden sie es zum ersten mal machen. Wenn sie nicht tröteten, sangen sie: „Wir bringen die AfD zu Fall, AfD zu Fall, AfD zu Fall. Wir bringen die AfD zu Fall, AfD zu Fall, AfD zu Fall." Viele Mitreisende wußten, wer sie sind. „Toll, mit denen in einem Zug fahren zu dürfen. Die sind Deutschland. Die richtige Nationalmannschaft. Nicht wie die Fußballer, diese Zeros", sagte ein 27-jähriger Jura-Student zu seinem

Kommillitonen, der ihm gegenüber saß.

„Die bringen Deutschland nach vorne. Die Fußballer können noch nicht einmal geradeaus laufen", schimpfte der Jura-Student.

20-jährige Mädchen waren so verzückt, dass sie um ein Selfie mit den Handwerkern baten. Eines dieser Mädchen fragte sogar, ob sie Steven küssen darf. Er erlaubte es, denn er war stolzer Single. Dass er Herzensbrecher war, wußte niemand, bis auf die betroffenen Frauen. Für Steven war es, als würde er atmen. Null Aufregung. Die anderen Handwerker sind insgeheim ein wenig neidisch auf ihren 'Date Juan'. Aber sie sind ja alle in festen Händen bzw. Betten. Sie brauchen keine verliebten Fans. Ihre Motivation ist auch so stark genug.

Vor der Fahrt tranken sie fast eimerweise Kaffee. Sie nannten es „Auferstehungspulver". Die Zugfahrt dauerte 55 Minuten. Am Auftrittsort in Hamburg stiegen sie in einen VW-Bus-Taxi und ließen sich zur Auftritts-Halle fahren. Michael fragte den iranischen Taxifahrer höflicherweise:

„Bruder, wie geht es dir?"

Der Iraner beginnt auf einmal mit seinem iranischen Akzent zu erzählen:

„Danke. Gehen gut. Aber immer haben de Kofschmersen.

Dann Einsamkeit groß Problem.

„Warum", fragt Michael?

„Ja, schon fahren de Taxi 20 Jahre. Kinder nix wohnen su hause. Eine Sohn studieren de Sosyalwissenschaften in de Göttingen. Tochter studieren de Medisin in de Berlin. Nix kommen su besuch. Schon gesagt wenn de nix kommen du nix mer meine Son und meine Tochter. Trosdem nix kommen. Auch haben de Hersproblem. Immer nehmen jede Tag 5 Medikament. Problem groß. Was machen? Und dann haben de Angst von de Nasi in Deuschland. Polisei nix schusen. Fas schlimmer als in Iran."

Alle fünf reagierten geschockt. Roberto wollte die Situation auflockern und sagte: Brauchen keine Angst haben. Er fragt auch, ob er einen Witz erzählen darf. Der Taxifahrer antwortete:

„Ja, ersälen. Lachen gut für Hers."

Roberto auf dem Rücksitz haut gleich einen raus. Der Taxifahrer hat am Zielort nach 10 Minuten immer noch gelacht. „Danke, sie gute Menschen." „Danke, Bruder. Alles Gute", antwortet Roberto. „Schone Tag!", ruft der Taxi-Fahrer hinterher.

„Die Friedenstruppe" kam sich groß vor. Nicht so groß wie

Stauffenberg und seine Leute, aber fast so groß wie die Fans von St. Pauli.

34.

Die Vorstellung konnte nicht besser sein. Wie immer, hatten sie sich vor dem Publikum verbeugt. Sie atmeten den Applaus und die Jubelrufe tief ein.
Plötzlich stank es äußerst übel vom Zuschauerraum her. Es wurde eine Stinkbombe geworfen. Offenbar gefiel die Aufführung nicht allen. Sie mußten an sich arbeiten. Gott sei Dank war die Konzentration der Stinkbombe nicht so groß. Der Täter wurde schnell gefasst. Die AfD gefiel ihm weit mehr als diese, in seinen Augen, miese Vorstellung von 5 dreckigen Bastards.
Anschließend haben sie dem Raumbedufter sehr gedankt. Die Beliebtheit der „Handwerker" nahm dadurch bundesweit sogar noch stark zu. Die Zuschauer und Anhänger gaben ihnen enorme Rückendeckung. Im Publikum und im Internet.

35.

„Wenn ich so berühmt wäre wie 'Die Handwerker', könnte ich was erreichen in diesem Land", soll Franz Beckenbauer einmal gescherzt haben. Sie wurden in einer Talk-Show gefragt, wie sie sich ihren Erfolg und ihre Wirkung erklären. Die Unterhaltung im deutschen Fernsehen war wie eine dunkle Höhle, in die nur sehr wenig Licht und Sauerstoff gelangten. „Wir sind einfach nur wir selbst. Wir sind deshalb so überzeugend, weil wir alle ehemalige Verbrecher sind. Und wir sind alle vom Bau", scherzte auch Michael. Ihnen wurde in dieser Talk-Show auch gesagt, dass sie in den Umfragen mittlerweile beliebter sind als die Fußball-Nationalmannschaft. „Jetzt brauchen noch sechs Männer und können auflaufen", lachte Ferhat. „Kann werden nur besser."
„Sie wirken so echt auf der Bühne. Wie bereiten Sie sich vor? Haben Sie da eine Entspannungs-Technik?". „Ja, die haben wir", antwortete Steven. „Aber das ist unser künstlerisches Geheimnis", sagte er verschmitzt lächelnd und dachte dabei an Döner, Pizza oder Currywurst essen und mit eisgekühlter Coke oder ein Pils oder einen Hefeweizen runterspülen.
„Gut, dann wollen wir da nicht weiter nachhaken. Aber sie

scheinen sich gründlich auszukennen mit der politischen und sozialen Diskussion im Lande. Wie verfolgen Sie die Diskussionen? „Wir lesen und schauen sehr genau, was in den Medien dargestellt wird über die demokratische Entwicklung in Deutschland und Europa. Natürlich vor allem die anti-demokratischen Entwicklungen. Und unsere AfD lieben wir. Auch, wenn es nicht auf Gegenseitigkeit beruht. Wir wissen alles, was sie denken und planen, soweit es veröffentlicht ist. Wir müssen viel arbeiten. Und das gründlich."

„Wie sehen sie die zukünftige demokratische Entwicklung in Deutschland und Europa?"

„Entweder wir nehmen die Freiheiten kollektiv und individuell in die Hand, oder sie werden uns aus der Hand genommen. Und das nicht erst im nächsten Jahrtausend", sagt Michael. „Aber die meisten von uns Menschen sind ja anpassungsfähig. Meinungsfreiheit z.B. gibt es immer. Aber wir kämpfen nicht mehr für Meinungsäußerungsfreiheiten. Und wir geben uns zufrieden mit Meinungen bestimmter einzelner Gruppen. Wir kämpfen nicht mehr für demokratische und humane Ideen. Wir sind froh, dass wir einen Kaffee aus einem Papier-Becher trinken können. Wer kämpft schon noch dafür, dass alle Menschen Kaffee trinken können? Und das aus schönen

Tassen? Das ist nur eine Vereinfachung. Wir tun auch zu wenig für andere Menschen. Das einzige, was wir für Andere tun, ist, sie zu beneiden. Wir leben in einer demokratischen Sklaverei. Freiheit ist so kostbar, dass wir noch nicht einmal davon zu träumen wagen."

„Sie wirken auch sehr glücklich. Haben Sie ein Rezept für Glück?" „Ich glaube, da gibt es kein Rezept. Jede und jeder muss das suchen und finden. Es gibt viel Glück und auch Sinn. Ganzheitlichkeit kann helfen. Also die Harmonie von Körper, Geist und Seele. Aber vor allem natürlich viel 'Handwerker' schauen", sagte Kemal. Alle lachten.

„Ganz ehrlich, hätten Sie vorher gedacht, dass Sie so einen Erfolg haben würden?"

„Eher hätten wir gedacht, dass Eintracht Braunschweig Deutscher Meister wird", scherzte Steven.

„Was halten Sie von Donald Trump?"

„Im Vergleich zu Trump ist ein Elefant im Porzellanladen wie ein Chef-Diplomat", meint Michael.

„Das sagt in der Tat alles", lächelte die Moderatorin. „Ein gutes Bild", fügte sie hinzu.

„Dann danken wir Ihnen für Ihr Kommen. Möchten Sie vielleicht noch was loswerden oder jemanden grüßen?"

„Ja, lieben wir alle Fan in Deuschland", ruft Roberto in die Kamera.

„Wir wollen auch unsere Familien grüßen. Wir hoffen, in der Zukunft mehr Zeit mit ihnen verbringen zu können. Spätestens nach der Rente."

36.

Die Auflösung der „Handwerker" nach zwei Jahren war für jeden Einzelnen sehr schwierig. Die Doppelbelastung Job und Aufführungen wurde den meisten zuviel. Kemal und Roberto brauchten mehr Zeit für ihre Kinder.
Sie waren beste Freunde geworden und weinten bei der Trennung wie kleine Kinder. Natürlich scherzten sie auch. Michael etwa sagte: „Endlich habe ich meine Ruhe von den Ausländern. Die sind wie Herpes. Die wirst du nicht los."

Sie hatten aber das Gefühl, genug erreicht zu haben. Die Zustimmung für die AfD war immer noch im Keller. Sie hatten auch extrem viel Geld verdient. Die meisten haben angelegt, arbeiteten danach trotzdem weiter in ihrem Beruf als Elektriker, Maurer und Fliesenleger. Ihre Frauen wollten auch nicht, dass ihre Männer den ganzen Tag nerven.
Michael hat sich ein Haus an der Nordseeküste gekauft und ist dort hingezogen. Ferhat hat geheiratet und hat auch schon einen Sohn. Steven ist seit acht Monaten mit einer Frau zusammen. Roberto hat 10 mal hintereinander nachgefragt, als er das gehört hat. Er kann es immer noch nicht fassen.

Den anderen geht es auch so. Roberto kümmert sich weiterhin um seine beiden Kinder, die 11 und 14 Jahre alt sind. Kemal erzieht streng spielerisch seinen 12 jährigen Sohn.

Zwei bis drei mal im Jahr trafen sie sich. Sie feierten dann, ohne vorher proben oder aufführen zu müssen. Die Erfahrungen als „Die Handwerker" haben sie alle verändert. Sie sind reifer und noch gelassener geworden. Ihr Humor hat sich ganz stark weiterentwickelt und verfeinert.

Der Humor hat ihnen viele Dinge des Lebens und der Politik beigebracht. Sie waren und sind gute Schüler. Mit dem guten Zeugnis, das ihnen das Publikum und die Kritik ausgestellt haben, konnten sie ganz entspannt leben. Sie sind sogar Ehrenbürger von Neumünster geworden. Das war für sie eine große Sache.

Aber sie haben sich nicht darauf ausgeruht. Ihre geistige und menschliche Entwicklung war ihnen immer noch sehr wichtig. Sie arbeiteten weiter daran. Nach der Auflösung aber mehr jeder für sich. Sie verglichen sich jedenfalls nicht mit anderen Menschen. Denn sie wußten genau, dass sie so ihr Glück umbringen würden.

Bibliografische Information der Deutschen Nationalbibliothek: Die Deutsche Nationalbibliothek verzeichnet diese Publikation in der Deutschen Nationalbibliografie; detaillierte bibliografische Daten sind im Internet über dnb.d-nb.de abrufbar.

TWENTYSIX – Der Self-Publishing-Verlag
Eine Kooperation zwischen der Verlagsgruppe Random House und BoD – Books on Demand

© 2019 Örs, Kenan

Herstellung und Verlag:
BoD – Books on Demand, Norderstedt

ISBN: 978-3-7407-1355-3